Deseo

Secretos dorados

MAUREEN CHILD

D1444141

HARLEQUIN

Editado por HARLEQUIN IBÉRICA, S.A.
Núñez de Balboa, 56
28001 Madrid

I.S.B.N.: 978-84-687-3190-2
Depósito legal: M-13399-2013
Editor responsable: Luis Pugni
Fotomecánica: M.T. Color & Diseño, S.L. Las Rozas (Madrid)
Impresión en Black print CPI (Barcelona)
Fecha impresion para Argentina: 13.1.14
Distribuidor exclusivo para España: LOGISTA
Distribuidor para México: CODIPLYRSA
Distribuidores para Argentina: interior, BERTRAN, S.A.C. Vélez
Sársfield, 1950. Cap. Fed./ Buenos Aires y Gran Buenos Aires,
VACCARO SÁNCHEZ y Cía, S.A.

Capítulo Uno

Vance Waverly se detuvo delante de la casa de subastas que llevaba su nombre y estudió la impresionante fachada. El viejo edificio había recibido un lavado de cara o dos en los últimos ciento cincuenta años, pero su esencia seguía siendo la misma de siempre. Era una estructura dedicada a exhibir cosas bellas, históricas, únicas.

Se sonrió a sí mismo mientras recorría con la mirada los siete pisos de la suerte. La puerta estaba flanqueada por dos cipreses. Los cristales de las ventanas brillaban con la luz del sol de principios de verano. En el balcón del segundo piso las barandillas eran de hierro forjado negro. La piedra gris le daba al edificio un aura de dignidad y el ancho ventanal arqueado que había sobre las puertas de entrada tenía grabada una sola palabra: «Waverly».

Se llenó de orgullo al admirar lo que su tataratío, Windham Waverly, había creado, asegurándose la inmortalidad con una casa de subastas cuya reputación en el mundo entero era impecable.

Vance era uno de los últimos Waverly, así

que estaba muy interesado en que la casa de subastas siguiese funcionando lo mejor posible. Como presidente de la junta directiva, participaba en todo, desde el diseño del catálogo a la búsqueda de piezas que mereciesen ser subastadas en Waverly's. Para él, aquel lugar era más un hogar que el piso con vistas al río Hudson en el que dormía.

En realidad, vivía en Waverly's.

—¡Eh, tío! —le gritaron a sus espaldas—. ¿Te vas a pasar ahí todo el día?

Vance se giró y vio a un mensajero con una plataforma cargada de paquetes que esperaba con impaciencia detrás de él. Vance se apartó y lo dejó pasar.

Antes de entrar en Waverly's, el otro hombre murmuró:

—Hay gente que piensa que la acera es suya.

—Cómo me gusta Nueva York —murmuró él.

—Buenos días.

Vance miró hacia la derecha y vio a su hermanastro Roark, que iba muy poco por Nueva York, y estaba allí porque tenía una reunión con uno de sus contactos. Era tan alto como él, medía más de un metro ochenta, era moreno y tenía los ojos verdes. No se parecían mucho, pero era normal, solo eran hermanos de padre. Hasta la muerte de este, Edward Waverly, cinco años antes, Vance ni siquiera había sabido de la existencia de Roark.

En esos cinco años habían construido una

sólida amistad y Vance se sentía muy agradecido por ello a pesar de que Roark insistía en que debían mantener en secreto sus lazos familiares. De hecho, Roark no estaba seguro de que Edward Waverly hubiese sido su padre, pero su relación era suficiente para mantenerlo en Waverly's. La única prueba era la carta que Edward había dejado en su testamento. Para Vance era suficiente, pero respetaba que su hermano pensase de otra manera.

–Gracias por venir –le dijo Vance.

–Espero que sea importante –le contestó Roark mientras iban de camino a una cafetería que había en la esquina–. Para mí es medianoche y todavía no estoy oficialmente despierto.

Llevaba gafas de sol para protegerse de la luz y una desgastada chaqueta de cuero marrón, una camiseta, vaqueros y botas. Por un segundo, Vance lo envidió. Él también prefería los vaqueros, pero se esperaba que fuese a Waverly's de traje y corbata. Y siempre hacía lo correcto.

–Sí –dijo, sentándose a una mesa en el exterior–. Es importante. O podría serlo.

–Interesante –dijo Roark, haciendo girar una de las tazas que ya había en la mesa mientras ambos esperaban a que la camarera les sirviese café y les tomase nota–. Cuéntame.

Vance tomó la pesada taza de porcelana con ambas manos y estudió la superficie negra del café mientras organizaba sus ideas. No era un hombre que soliese prestar atención a las habladurías ni a los rumores. Ni tenía paciencia con aquellos que lo hacían. Pero, tratándose de Waverly's, no se podía arriesgar.

–¿Has oído decir algo de Ann?

–¿Ann Richardson? –preguntó Roark–. ¿Nuestra directora ejecutiva?

–Sí, esa Ann –murmuró Vance.

¿A cuántas Ann conocían?

Roark se quitó las gafas de sol y las dejó encima de la mesa. Miró a su alrededor y luego añadió:

–¿A qué te refieres?

–¿Exactamente? Acerca de Dalton Rothschild y ella. Ya sabes, el director de la casa de subastas Rothschild, nuestro principal competidor.

Roark lo miró fijamente un par de segundos y luego negó con la cabeza.

–No puede ser.

–Yo tampoco quiero creerlo –admitió Vance.

La directora ejecutiva de Waverly's, Ann Richardson, desempeñaba su trabajo de manera brillante. Era inteligente, competente y había trabajado duro para llegar a lo más alto, siendo la persona más joven que había conseguido alcanzar su puesto en una casa de subastas de semejante calibre.

Roark negó con la cabeza y apoyó la espalda en el respaldo de la silla.

–¿Qué has oído?

–Tracy me llamó anoche para avanzarme lo que iba a salir publicado en el *Post* de hoy.

–Tracy –repitió Roark con el ceño fruncido, luego asintió–. Tracy Bennett. La periodista con la que saliste el año pasado.

–Sí, me dijo que la historia iba a publicarse hoy.

–¿Qué historia?

–La que relaciona a Ann con Dalton.

–Ann es demasiado inteligente como para enamorarse del tonto de Dalton –dijo Roark, descartando desde el principio que aquello fuese posible.

A Vance le habría gustado poder hacer lo mismo, pero sabía por experiencia que las personas tomaban constantemente decisiones estúpidas. Solían culpar de ellas al amor, pero lo cierto era que el amor era solo una excusa para hacer lo que querían hacer.

–Estoy de acuerdo –respondió–, pero si hubiese algo entre ellos…

Roark silbó.

–¿Qué podríamos hacer nosotros al respecto?

–No mucho. Hablaré con Ann y le contaré que va a salir ese artículo.

–¿Y?

–Y –continuó Vance, mirando fijamente a su hermano–, quiero que mantengas los ojos y los oídos bien abiertos. Confío en Ann, pero no en Dalton. Este siempre ha querido quitarse a Waverly's del medio. Si no puede comprarnos, intentará absorbernos, o enterrarnos.

Vance le dio un sorbo a su café y miró a su hermano con los ojos entrecerrados antes de añadir:

–Y no vamos a permitir que eso ocurra.

–Buenos días, señor Waverly, tengo su café y su agenda de la semana preparados. ¡Ah! Y la invitación a la fiesta del senador Crane llegó ayer por la tarde por mensajería, ya se había marchado.

Vance se detuvo en la puerta de su despacho y miró a su nueva secretaria. Charlotte Potter era de estatura baja y curvilínea, y llevaba la larga melena rubia recogida en una coleta. Tenía los ojos azules, los labios carnosos y parecía estar siempre haciendo algo.

La había contratado para hacerle un favor a un miembro de la junta que se había jubilado y que la había apreciado mucho como secretaria, pero después de solo una semana con ella ya sabía que aquello no iba a funcionar.

Era demasiado joven, demasiado guapa y… Charlotte se giró y se inclinó para abrir el último cajón del archivador y él sacudió la cabeza. No había podido evitar clavar la vista en su trasero, enfundado en unos pantalones negros. Charlotte era demasiado todo.

Cuando se incorporó y le tendió un sobre, él se dijo que debía colocarla en otra parte. No podía despedirla por distraerlo, pero tampoco podía tenerla allí.

Aunque no fuese políticamente correcto, Vance prefería que sus secretarias tuviesen más edad, o que fuesen secretarios.

La anterior, Claire, se había jubilado a los sesenta y cinco años. Siempre había sido muy ordenada, con ella nunca había habido un lapicero fuera de su sitio. Su trabajo había sido irreprochable.

Charlotte, por su parte… Vance frunció el ceño al ver el ficus que había puesto en un rincón, el helecho que había cerca de la ventana y las violetas africanas de encima de su escritorio, en el que también había colocado varias fotografías.

Tenía los bolígrafos en una taza con forma de casco de fútbol americano y había un plato de M&M's al lado del teléfono. Era evidente que no tenía que haber hecho aquel favor. «Por la caridad entra la peste», solía decir su padre. Y en aquel caso, tenía razón.

Vance no quería ninguna distracción en el trabajo. Mucho menos en esos momentos, en los que podían tener problemas con Rothschild. Y si eso lo convertía en un maldito machista, le daba igual.

Las horas de trabajo se dedicaban al trabajo, y una mujer bonita no iba a ayudarle a concentrarse.

–Gracias, Charlotte –le dijo, entrando en su despacho–. No me pases ninguna llamada hasta después de la reunión de la junta.

–De acuerdo. Ah, y llámeme Charlie –respondió ella alegremente.

Vance se detuvo, la miró por encima del hombro y estuvo a punto de quedarse ciego con su sonrisa. Ella volvió a su escritorio y se puso a mirar el correo. Tenía la coleta por encima del hombro, descansando sobre sus pechos. Vance se sintió incómodo.

Odiaba admitirlo, pero era una mujer imposible de ignorar.

Con el ceño fruncido, se apoyó en el marco de la puerta y dio un sorbo a su café. Se dio cuenta de que Charlotte estaba canturreando. Ya lo había hecho la semana anterior. Y además desafinaba.

Sacudió la cabeza. Tenía que llamar a la oficina de Waverly's en Londres y ver cómo iban las próximas subastas que tendrían lugar allí. Y no podía quitarse de la cabeza los rumores acerca de Ann y lo que eso podía significar para la empresa. Además, no estaba de humor para la reunión de la junta, que tendría lugar esa tarde.

Charlotte se puso recta, se giró y dio un grito ahogado al tiempo que se llevaba una mano al pecho, como para sujetarse el corazón. Luego rio y sacudió la cabeza.

–Me ha asustado. Pensé que había entrado en su despacho.

Era lo que tenía que haber hecho Vance, pero se había distraído. Eso no era bueno. Frunció el ceño y preguntó:

–¿Has podido redactar el orden del día de la reunión de hoy? Me gustaría añadir un par de cosas.

–Por supuesto –le contestó ella, sacando una carpeta de entre un montón–. Además del orden del día, he imprimido la lista que hizo de colecciones privadas que se subastarán las próximas semanas.

Vance abrió la carpeta. Detrás del orden del día había varias páginas más.

–¿Qué es esto?

–Ah –dijo ella sonriendo–. Me dio la sensación que el próximo catálogo estaba un poco apretujado, así que he ajustado el tamaño de las fotografías y…

Vance vio el trabajo que había hecho y tuvo que admitir que el catálogo había mejorado mucho. Los jarrones de la dinastía Ming resaltaban contra un fondo suavemente iluminado.

–Sé que no debía haberlo hecho, pero…

–Has hecho un buen trabajo –la interrumpió él, cerrando la carpeta y mirándola a los ojos azules.

–¿De verdad? –preguntó ella, sonriendo–. Gracias. Me alegro mucho de oírlo. La verdad es que estaba un poco nerviosa. Este trabajo es muy importante para mí y quiero hacerlo bien.

Vance se sintió culpable al verla tan emocionada.

A lo mejor le daba una oportunidad. Solo tenía que dejar de mirarla como a una mujer.

Pero vio su pequeño cuerpo lleno de curvas y descartó la idea.

El teléfono sonó y ella fue a responder.

–Despacho del señor Vance Waverly.

Su voz era suave, seductora. O tal vez fuese esa la impresión que le daba a él.

–Espere, por favor –dijo Charlotte. Luego lo miró–. Es Derek Stone, llama desde Londres.

–Ah, bien –respondió él, agradeciendo tener una excusa para marcharse de allí y ponerse a trabajar–. Pásamelo, por favor, Charlotte. Y después de esta llamada, que no me entre ninguna más.

–Por supuesto, señor Waverly.

Vance cerró la puerta y atravesó la habitación para llegar a su escritorio, cuyas paredes estaban cubiertas de cuadros de pintores por descubrir y de otros ya famosos. Había un sofá pegado a una de las paredes, con una mesa baja delante y dos sillones enfrente. Detrás de su escritorio se extendía un enorme ventanal que daba a la avenida Madison y a la siempre concurrida ciudad de Manhattan.

Tomó el teléfono y se sentó mirando hacia la ventana.

–Derek. Me alegro de hablar contigo.

Charlie suspiró aliviada y volvió casi a gatas hasta su escritorio. Dejó de sonreír y pensó que ojalá que Vance Waverly no se hubiese dado cuenta de lo nerviosa que se ponía cuando lo tenía cerca.

–¿Por qué tiene que oler tan bien? –murmuró mientras se dejaba caer en su silla y apoyaba los codos en el escritorio, enterrando el rostro entre las manos.

Tenía que tranquilizarse, pero sus hormonas no la hacían caso. Aquello le ocurría cada vez que se acercaba a Vance Waverly, y era humillante.

¿Cómo podía sentirse tan atraída por un jefe que aterrorizaba a la mitad de las personas de aquel edificio?

Pero así era. Era alto, de hombros anchos, con el pelo moreno y siempre un poco despeinado. Sus ojos marrones tenían pequeñas motas doradas y casi nunca sonreía. Era profesional y ella tenía la sensación de que estaba buscando una excusa para despedirla.

Cosa que no podía ocurrir.

Aquel trabajo era lo más importante en su

vida. Bueno, después de su hijo, que le sonreía desde una fotografía que tenía encima del escritorio. La segunda cosa más importante en su vida. Pero desde el punto de vista profesional, no tenía comparación. Trabajar para Vance Waverly era la oportunidad de su vida y no iba a desaprovecharla.

Respiró hondo y se sentó recta. Miró otra vez la fotografía de su hijo, Jake, y se recordó que la habían contratado para hacerla un favor, pero que estaba preparada para desempeñar aquel trabajo de manera impecable. Iba a pensar en positivo y a estar contenta por mucho que le costase.

El teléfono volvió a sonar.

–Despacho del señor Vance Waverly.

–¿Cómo va? –le preguntó una voz femenina que conocía muy bien.

Charlie miró hacia la puerta cerrada del despacho de su jefe.

–Por ahora, bien –respondió.

–¿Qué le han parecido tus ideas para el catálogo?

–Tenías razón, Katie –admitió ella, imaginándose la sonrisa de su amiga, que era la que le había sugerido que le mostrase sus ideas a Vance–. Ha dicho que he hecho un buen trabajo.

–¿Lo ves? Te lo dije –comentó Katie, escribiendo en el ordenador al mismo tiempo que hablaba–. Sabía que le gustaría. Es un tipo listo. Tiene que darse cuenta de que estás haciendo un trabajo estupendo.

–Bueno, la última semana lo que ha hecho ha sido, sobre todo, observarme. Como si estuviese esperando a que hiciese algo mal –le contó Charlie, volviendo a mirar la fotografía de su hijo.

–A lo mejor te ha estado observando tanto porque piensa que eres preciosa.

–No creo –le contestó Charlie, a pesar de gustarle la idea.

Pero no estaba allí para eso. Estaba allí para que tanto su hijo como ella pudiesen tener una vida mejor. Solo tenía que convencer al nuevo jefe de que era indispensable.

–¿Te has mirado al espejo recientemente? –inquirió Katie–. Confía en mí. Hasta yo intentaría salir contigo si fuese un hombre.

Charlie se echó a reír. Lo cierto era que muchas personas la veían como a una rubia de ojos azules y pechos grandes que no podía tener cerebro. Y ella llevaba casi toda su vida intentando demostrar lo contrario.

La única ocasión en la que había pensado con el corazón en vez de hacerlo con la cabeza…

–Él no es así –dijo Charlie.

–Todos los hombres son así, cariño –replicó Katie.

Charlie ignoró aquel comentario y bajó la voz.

–Solo me ha contratado para hacerle un favor a Quentin.

–¿Y qué? ¿Qué más da por qué te ha contratado, Charlie? –insistió su amiga–. Lo importante es que estás ahí. Y ya estás demostrando que eres perfecta para el puesto.

–Gracias –respondió ella–. Ahora, voy a ponerme a trabajar. Ya hablaremos luego.

Cuando colgó, seguía sonriendo.

Capítulo Dos

Dos horas después, Vance arrugó el periódico y lo tiró a un lado. Notó cómo la furia crecía en su interior, pero la contuvo. Tal y como Tracy le había prometido, la historia de una posible relación entre Ann Richardson y Dalton Rothschild aparecía en la página veintiséis. Por un segundo, Vance pensó que, dado que solo ocupaba una columna de una página llena de anuncios, a lo mejor pasaba desapercibida.

Pero las posibilidades de que eso ocurriese eran escasas. No había nada que gustase más a la gente que un buen escándalo, y de aquel se hablaría durante semanas. No eran solo los rumores de una relación, sino la posibilidad de una conspiración lo que le preocupaba. Esperó que no fuese cierto, porque si lo era podía haber muchas cosas en juego, incluso la destrucción de Waverly's.

Tomó su teléfono, marcó un número y esperó.

—Maldita seas, Tracy —dijo cuando le respondieron.

—No es culpa mía, Vance —respondió la mujer al otro lado del teléfono–. Mi director recibió información y actuamos en consecuencia. Al menos, te avisé.

–Sí, aunque no me ha servido de nada.

Se levantó del sillón para mirar por la ventana. El calor en Manhattan era sofocante.

–¿Tenéis alguna prueba?

–Ya sabes que no puedo responderte a eso.

–De acuerdo, pero si os llega alguna otra información, por favor, házmelo saber antes de que la publiquéis.

–No puedo prometerte nada –respondió ella. Luego le preguntó–: ¿Te suena esa frase?

Y colgó.

Vance supo que no iba a adelantarle información. Un año antes, después de haber estado un par de meses acostándose con Tracy, había terminado con ella advirtiéndole que nunca le había hecho ninguna promesa.

Era lo que le decía a todas las mujeres que entraban en su vida. No buscaba una relación seria. Había visto cómo se había quedado su padre después de la muerte de su madre y de su hermana mayor, destrozado. Así que no quería saber nada del amor.

Tampoco había querido nunca formar su propia familia, por lo que no tenía ningún interés en casarse. ¿Acaso no era mejor ser sincero desde el principio?

Sacudió la cabeza para intentar deshacerse de aquellos pensamientos, dado que, de todos modos, la realidad no tenía nada que ver con aquello.

Dejó el teléfono en su base y se metió las manos en los bolsillos. Waverly's era todo lo que tenía y no lo iba a perder. Haría lo que fuese necesario para salvarlo.

Apretó el botón del intercomunicador.

–Charlie, ¿puedes venir, por favor?

Uno o dos segundos después se abrió la puerta y apareció ella, con la coleta cayéndole en un hombro y aquellos enormes ojos azules mirándolo. Una vez más, Vance sintió algo que se vio obligado a reprimir.

–¿Ocurre algo?

–Podría decirse que sí –murmuró él, haciéndole un gesto para que entrase y se sentase en el sofá–. Siéntate.

Ella lo hizo y Vance se dio cuenta de que lo miraba con cautela.

–Relájate –añadió, ocupando el extremo contrario–. No voy a despedirte.

Ella espiró y sonrió.

–Me alegra saberlo. ¿Qué puedo hacer entonces por usted?

Vance apoyó los antebrazos en sus rodillas, la miró a los ojos y le dijo:

–Cuéntame todo lo que hayas oído últimamente acerca de Ann Richardson.

–¿Disculpe?

–Si ha habido rumores, quiero saberlo –le dijo él sin más–. Seguro que has oído hablar o has leído el artículo que ha salido hoy en el periódico.

Ella apartó la vista un instante antes de volver a clavarla en sus ojos.

–El teléfono lleva media hora sin dejar de sonar. Son muchas las personas que quieren hablar con usted.

–Perfecto –murmuró él–. ¿Quiénes?

–Tengo un montón de mensajes en mi escritorio, pero, sobre todo, han llamado los otros miembros del consejo y varios periodistas. Y de una cadena de televisión por cable, para pedirle una entrevista.

Él apoyó la espalda en un cojín y sacudió la cabeza otra vez.

–Esto se va a poner mucho más feo de lo que pensaba.

Tenía que hablar con Ann, averiguar qué estaba pasando y organizar una defensa. Miró a Charlie a los ojos.

–Sé que en la empresa se está hablando de esto. ¿Qué has oído?

Ella frunció el ceño.

–No me gustan los cotilleos.

–En general, eso es bueno, pero ahora necesito saber lo que está diciendo la gente.

Ella respiró hondo y a Vance le dio la sensación de que estaba debatiéndose entre responderle o no.

La vio morderse el labio inferior antes de contestar:

–La gente está preocupada. Les da miedo que Waverly's cierre y perder su trabajo. Sinceramente, yo también estoy un poco preocupada. El artículo menciona una posible conspiración...

–Sí, lo sé –murmuró Vance.

–¿Qué ha dicho la señorita Richardson al respecto?

Vance frunció el ceño.

–Todavía no he hablado con ella. Me avisaron ayer de que se iba a publicar el artículo, pero no he tenido tiempo de hacer nada al respecto. No obstante, espero que tratemos el tema en la junta de esta tarde.

–¿Qué cree usted que está pasando? –le preguntó Charlie.

Y él se dio cuenta de que, al pedirle su opinión acerca de lo que estaba ocurriendo en Waverly's, acababa de abrir una puerta entre ambos.

Una semana antes, Charlotte no le habría hecho aquella pregunta, le habría dado miedo, pero las cosas, al parecer, habían cambiado. Por extraño que pareciese, a él no le importaba. A su secretaria se le daba bien escuchar y era agradable poder hablar con alguien que sabía de qué iba el tema, pero que no se jugaba nada.

–No lo sé –admitió a regañadientes.

A Vance no le gustaba no tener respuestas. No estaba acostumbrado a estar en la oscuridad. Prefería controlar cualquier situación. Saber las respuestas antes de que se planteasen las preguntas. En aquel caso, lo único que tenía era su instinto.

–Me cae bien Ann. Siempre me ha parecido una mujer sensata y honesta. Ha trabajado bien en Waverly's…

–¿Pero?

Él sonrió de medio lado. No solo se le daba bien escuchar, sino que también era perspicaz, lo había visto dudar.

–Pero lo cierto es que no la conozco mucho. En realidad, nadie la conoce. Hace su trabajo, pero no se abre a los demás.

–Eso es muy habitual –murmuró ella.

–¿Qué quieres decir?

Charlie se puso tensa.

–Lo siento. No pretendía… Solo quería decir que usted… Bueno, también es reservado… Lo mejor será que me despida directamente.

Vance se echó a reír. Hacía mucho tiempo que no se reía. De repente, ya no recordaba por qué había querido despedir a Charlotte Potter. Era inteligente, competente y le hacía reír.

Ojalá no oliese tan bien.

–Ya te he dicho que no voy a despedirte –la tranquilizó.

Volvió a sentir calor por dentro, pero lo contuvo. Se levantó del sofá y volvió a hablar en tono profesional, con firmeza, como un jefe debía hablar a su secretaria.

–Si te enteras de algo, quiero que me lo cuentes.

Charlie se levantó también y levantó la barbilla de manera desafiante.

–No espío a mis amigos.

Aquel comentario hizo que ganase otro punto. Si había algo que admiraba Vance era la lealtad.

–No te estoy pidiendo que los espíes –le respondió–. Solo que escuches.

–Eso puedo hacerlo.

–Bien.

Vance abrió la puerta, tomó la chaqueta del traje y se la puso.

–Ahora me voy a la reunión de la junta –añadió, mirándose el reloj de oro. Tenía que marcharse si no quería llegar tarde y él nunca llegaba tarde–. Estaré de vuelta a las cuatro, quiero que tengas preparado el informe acerca del estado de esos jarrones Ming para cuando vuelva.

–Sí, señor.

Al oír la breve respuesta, Vance casi lamentó que ambos hubiesen vuelto al modo profesional, pero luego se dijo que era lo mejor. Más sencillo. Y mucho más lógico. No miró atrás antes de salir del despacho, se dirigió a la sala de juntas y a la reunión en la que iban a cambiar varias cosas en Waverly's.

***

Charlie respiró por fin, a pesar de no haberse dado cuenta de que estaba conteniendo la respiración. Durante unos instantes, había estado charlando con Vance como si fuesen… amigos. Había tenido la oportunidad de entrever al hombre que había detrás de la fría fachada que solía envolverlo.

Y eso había hecho que le intrigase todavía más y que desease conocerlo mejor. Lo que no era bueno. Querer conocer mejor a Vance Waverly era como querer pasar la tarde en París. Igual de imposible.

No. Era el jefe. Y ella su secretaria. Volvió a su escritorio.

Llevaba más de dos años sin estar con ningún hombre. No se había vuelto a sentir atraída por nadie desde que había cometido el error de estar con el hombre equivocado.

Pero con Vance, por primera vez en mucho tiempo, había sentido ese cosquilleo de… ¿Atracción? ¿Interés?

—Y has vuelto a escoger al hombre equivocado —murmuró disgustada.

Equivocado por motivos diferentes al anterior, pero equivocado de todos modos.

Pero no iba a poner en peligro su trabajo, su recién encontrada seguridad por un coqueteo. No podía salir nada bueno de aquello. Así que controlaría sus hormonas. No iba a fantasear con su jefe, ni mucho menos. Lo que tenía que hacer era impresionarlo, como había hecho la semana anterior, para así conservar su trabajo.

Formaba parte de su plan. No sería siempre secretaria. Aprendería cómo funcionaba el negocio y después haría un máster en historia del arte, y conseguiría un trabajo como conservadora o especialista en arte en la empresa. Tal y como había hecho Ann Richardson, que había empezado desde abajo. Todo para que tanto su hijo como ella pudiesen tener una vida mejor.

Se recordó a sí misma que lo más importante era Jake, al que no podía defraudar.

Con aquella idea en mente, volvió a ponerse a trabajar. Tomó una carpeta que tenía en una esquina de la mesa y fue a la sala que había en el segundo piso.

Recorrió varios pasillos de camino al ascensor. Oyó teclear y hablar por teléfono en voz baja. El ambiente de la séptima planta estaba enrarecido. Allí era donde trabajaban los directivos de Waverly's, donde tomaban las decisiones que mantenían a la casa de subastas entre las mejores del mundo. Y allí sería donde ella dejase huella, se dijo mientras entraba en el ascensor y le daba al botón del segundo piso.

Las puertas se cerraron y vio su reflejo en

ellas, sonrió. Cuando volvieron a abrirse, echó a andar haciendo ruido con los tacones en el suelo de madera.

En las dos primeras plantas del edificio estaban las salas de subastas. Cada una era diferente. Todas bonitas a su manera.

Había cuadros y esculturas en las paredes y enormes jarrones con flores frescas que impregnaban el aire.

Fue hasta la sala que estaba al otro lado del pasillo y entró en ella.

—¡Charlie! —la saludó una voz de hombre.

Se giró y vio a Justin Dawes dirigiéndose hacia ella. Justin era el jefe del departamento de piedras preciosas de Waverly's. Tenía unos cuarenta años, se estaba quedando calvo, era demasiado delgado y bizqueaba. En una ocasión le había contado que era porque pasaba demasiadas horas estudiando las piedras que tanto amaba.

Ese día, parecía preocupado. Se había aflojado la corbata y llevaba la camisa blanca remangada. Había dejado la chaqueta del traje en alguna parte y estaba despeinado.

—¿Tienes la procedencia de las piezas? —le preguntó a Charlie.

—Aquí está —le dijo ella, dándole la carpeta.

—Estupendo —comentó él—. ¿Y está verificada?

—Sí, varias veces —respondió Charlie sonriendo—. Justin, tú mismo has comprobado las piedras preciosas, ¿recuerdas? No te preocupes. Todo va a ir bien.

–Es una colección importante –le contó él–. ¿Quieres echarle un vistazo?

–Por supuesto.

Justin la agarró del brazo y la llevó hasta el centro de la sala.

La iluminación lo era todo en una casa de subastas y Waverly's no escatimaba a la hora de hacer las cosas bien. Alrededor de la enorme habitación revestida con paneles de roble se encontraban las vitrinas, todas situadas bajo puntos de luz que realzaban su belleza y hacían brillar las piedras preciosas.

Charlie no pudo evitar suspirar.

–Mira esta pieza. Es increíble –le dijo Justin.

–Oh, Dios mío –susurró ella, acercándose con él a la vitrina en la que, sobre un manto de terciopelo negro, descansaba el collar más bonito que había visto en toda su vida.

El cordón era de oro muy fino, como si se tratase de un pelo, y estaba salpicado de rubíes y diamantes.

–Es increíble.

–Sí, ¿verdad? –dijo Justin, mirando el collar como un hombre enamorado–. Perteneció a la reina de Cadria hace más de un siglo. Lo hicieron especialmente para ella, hay quién dice que fue el propio Fabergé. Eso no podemos demostrarlo, claro, porque ni siquiera la familia real lo sabe con certeza. Es una pena. ¿No crees que habría sido impresionante, poder ponerlo? No obstante, sigue siendo una pieza maravillosa.

–Sí, maravillosa. Pero, ¿por qué está subastando tantas joyas el rey de Cadria?

–Porque está rindiendo homenaje a su abuela por medio de una organización benéfica a la que le ha puesto su nombre, lo que se recaude en esta venta irá a parar directamente a ella. Además, piensa que así le dará más publicidad y conseguirá más aportaciones económicas.

–No obstante, me parece una pena deshacerse de algo que pertenece a tu familia –comentó ella.

–No te preocupes por la realeza –le dijo Justin–. Les sobran joyas, seguro que estas ni las echan de menos.

–Yo echaría de menos un collar así –admitió Charlie en voz baja–. Me daría tanto miedo romperlo o perderlo que no me lo pondría, pero lo echaría de menos.

–Tienes un corazón bondadoso, Charlie –le respondió él sonriendo–. Lo que significa que te encantará la leyenda de este collar.

–¿Qué leyenda?

–Las mejores joyas siempre tienen una leyenda. Al parecer, el rey de aquel entonces encargó este collar para su futura esposa, como regalo de boda. Dicen que los rubíes dan buena suerte y que esconden el secreto de un largo y feliz matrimonio.

Charlie lo miró y sonrió, tenía el corazón encogido. Se preguntó cómo sería que te amasen tanto. Pensó en la reina que había llevado aquel collar y al rey que, claramente, la había adorado y pensó que, en ocasiones, la vida real superaba a los cuentos de hadas.

–Qué bonito.

–Sí. Seguro que eso hace que el precio de venta del collar sea más alto.

Charlie alargó la mano hacia la urna de cristal, pero la cerró antes de llegar a tocarla.

–No te preocupes, las alarmas todavía están apagadas. Te lo voy a enseñar.

Justin levantó la urna de la base de madera y dejó que admirase el collar.

–Todavía más bonito –comentó ella, suspirando.

–¿Quieres tocarlo? –le preguntó Justin riendo.

–Quiero tocarlo, probármelo, llevármelo a casa y tenerlo allí –admitió Charlie, llevando la mano a la espalda para no tocarlo.

–No me extraña –dijo Justin–. Además, con tu color de piel, te quedaría precioso.

Charlie estaba de acuerdo. Se imaginó la expresión de Vance Waverly si la viese con aquel collar y luego… se dijo que tenía que dejar de soñar.

–Sí, bueno, cuando me case con un príncipe me aseguraré de que encargue un collar como este para mí.

Justin se echó a reír.

–Así me gusta, una mujer con las ideas claras.

Volvió a poner la urna de cristal en su sitio y Charlie miró a su alrededor. Al día siguiente, aquella sala estaría llena de sillas de respaldo recto y tapicería de terciopelo. Habría un podio al fondo y el equipo de sonido estaría en funcionamiento. Un día después, habría en ella personas de todo el mundo deseando llevarse a casa alguna pieza de la colección de la difunta reina.

Charlie no envidiaba a los compradores. Justin tenía razón, tenía las ideas claras, pero estas no incluían diamantes ni rubíes, sino trabajar hasta llegar a la cima de aquella industria y poder comprarse una casa con jardín para que jugase su hijo.

No tenía nada en común con las personas que iban a adquirirlas. Se recordó que tampoco tenía nada en común con Vance Waverly, que unos minutos de conversación relajada no le daban luz verde para ponerse a soñar con él. Además, no podía olvidar lo que le había ocurrido la última vez que se había dejado llevar por su corazón.

Capítulo Tres

Respiró hondo, se obligó a sonreír de oreja a oreja y dijo:

–Has hecho un trabajo increíble, Justin.

–Gracias. Eso pienso yo también. Va a ser una subasta impresionante. Vas a trabajar en ella, ¿verdad?

–Sí, aquí estaré.

–Eso me parecía –le dijo él, guiñándole un ojo.

En los dos años que había estado en Waverly's, había intentado pasar el mayor tiempo posible trabajando en las subastas. Era algo que le encantaba.

Había aprendido todo lo que había podido acerca de aquel mundo y había hecho un estudio de todas las casas de subastas antes de intentar trabajar en Waverly's. Y allí se había sentido como en casa desde el principio.

–Ya me conoces –comentó–. No me lo perdería por nada del mundo.

–Estupendo. Necesitaremos ayuda entre bastidores.

–Por supuesto.

Por suerte, la guardería de Waverly's estaba

abierta durante las subastas para que los empleados pudiesen dejar en ella a sus hijos. A Jake le encantaba estar con sus amigos y... Charlie se miró el reloj.

–Tengo que marcharme, Justin. Gracias por la visita.

–De nada –respondió él–. Hasta el sábado.

–Adiós.

Charlie salió de la sala dejando atrás sus sueños y tomó el ascensor de vuelta a la realidad.

–No voy a darle más bombo a esos rumores hablando del tema –dijo Ann Richardson al resto de la junta directiva que estaba sentada alrededor de la mesa–. Y espero contar con todo vuestro apoyo.

Varias personas se movieron incómodas en sus sillas, pero Vance se quedó inmóvil, con la mirada clavada en la mujer que tenía en frente, que estaba sentada cual joven reina. Era alta y esbelta, su pelo rubio estaba siempre perfectamente ondulado y tenía la mirada azul muy intensa. Iba vestida con un elegante traje negro con rayas grises y la elevación de su barbilla era desafiante. Su actitud era orgullosa y fuerte mientras retaba a todo el mundo a contradecirla.

Vance siempre la había admirado, pero nunca más que en esos momentos. Todo el mundo estaba hablando del artículo y ella había decidido mostrarse indiferente. Y eso era de alabar. Si hubiese intentado defenderse solo habría conseguido incitar a que siguiesen hablando de ella. No podía admitir que los rumores eran ciertos, aunque lo fuesen, así que su único camino era el del silencio.

El resto de los miembros de la junta parecían nerviosos y preocupados. La reputación de Ann estaba en juego y, con ella, también la de Waverly's.

Pasaron los segundos y el silencio se hizo ensordecedor.

Vance se contuvo. Quería escuchar a los demás antes de hablar y sabía que no tendría que esperar mucho.

–Es indignante, eso es lo que es –dijo George Cromwell, el primero en hablar.

–Esas insinuaciones no tienen ninguna base –insistió Ann con tranquilidad–. Jamás pondría a Waverly's en peligro y espero que todos lo sepáis.

–Sí, Ann –le respondió George Cromwell–. Estoy seguro de que todos apreciamos tu devoción por la empresa, pero lo que refleja ese artículo es que tenemos un problema.

A Ann no le gustó oír aquello, pero Vance pensó que lo más probable era que solo se hubiese dado cuenta él de su reacción.

–No son más que rumores y suposiciones –dijo ella.

–Pero es humo –insistió George–. Y la gente dará por hecho que donde hay humo, hay fuego.

Vance puso los ojos en blanco y sacudió la cabeza. A George le encantaban los clichés. Tenía setenta y cinco años y hacía tiempo que se le había pasado la edad de jubilarse, pero no tenía ninguna intención de dejar su lugar en la junta. Le gustaba el poder. Le gustaba opinar. Y en esos momentos parecía estar disfrutando, haciéndoselo pasar mal a Ann.

–¿Cómo vamos a creerte, habiendo pruebas suficientes para que hayan escrito ese artículo?

–¿Desde cuándo comprueban todos los periodistas sus noticias? –inquirió ella–. Hay más ficción en los periódicos que en las librerías, y todos lo sabéis.

Vance pensó que era cierto. Observó a Ann con cautela y deseó conocerla mejor, pero no era así. Le parecía una persona cariñosa y simpática, pero no había querido hacer amigos, y en esos momentos la estrategia se le estaba viniendo en contra.

–La gente cree lo que lee –continuó George.

–George, cállate –intervino Edwina Burrows.

–Sabes que tengo razón –replicó este.

Mientras ambos se atacaban, Vance observó a Ann. Tuvo la sensación de que estaba apretando los dientes, y no la culpó. Tenía que ser difícil, estar delante de aquella panda, defendiéndose de lo que en esos momentos no eran más que rumores.

Por fin, Ann se giró hacia él y le preguntó:

—¿Tú qué piensas, Vance? Eres el último Waverly que queda en la junta y quiero escuchar tu opinión. ¿Tú me crees?

Él la miró fijamente. Sabía que el resto de miembros de la junta estaban esperando oír qué decía. Y sabía que dijese lo que dijese tendría que hablar a favor o en contra de Ann. Su principal responsabilidad era la empresa y los miles de personas que dependían de Waverly's para vivir.

Pero también tenía que apoyar a Ann, que había hecho un gran trabajo en la empresa. Era inteligente y competente y nunca le había dado motivos para dudar de su lealtad.

No obstante, Vance no estaba seguro de que estuviese contando toda la verdad. Le gustase o no, en cierto modo George tenía razón. Si había salido aquel artículo era por algo. Aunque, aun en el caso de que tuviese algo con Dalton, no la creía capaz de vender a Waverly's.

Habría preferido tener toda la información antes de posicionarse, pero no la tenía. Tenía que confiar en su instinto, como siempre. Y arriesgarse.

—Te creo —respondió en voz alta, para que todo el mundo lo oyese.

Vio cómo los hombros de Ann se relajaban un poco y supo que había hecho lo correcto al apoyarla públicamente, pero no había terminado.

–Dicho eso –continuó, mirándola a los ojos–, si ese periodista continúa manchando el nombre de Waverly's, todos tendremos que estar preparados.

Lo que pretendía hacerle saber a Ann era que si se había equivocado con ella, la echaría.

La vio asentir y supo que lo había entendido.

–Tienes razón –dijo Ann, mirando al resto de asistentes a la junta–. Dalton Rothschild no es de fiar. Aprovechará cualquier oportunidad para atacarnos.

–¿Cómo? –preguntó Edwina.

–Tal vez con una OPA hostil.

Vance escuchó los comentarios de indignación y se preguntó cómo era posible que nadie se hubiese planteado antes aquella posibilidad. Él lo había hecho. Rothschild sabía que no podía comprar Waverly's, pero sí podía destruir la empresa para después recoger los escombros.

Podía arruinar la reputación de la casa para después, cuando estuviese hundida, comprarla.

No era un mal plan, pero Vance estaba seguro de que iba a fracasar. Él mismo se ocuparía de que así fuese.

Vio a Ann esperar a que todo el mundo se callase y golpear la mesa para llamar su atención al ver que no lo hacían.

–Quiero que todos estéis alerta. Que vigiléis a vuestros empleados. Es posible que Dalton tenga un topo en la empresa. En estos momentos, no podemos dar nada por hecho. Waverly's nos necesita a todos bien despiertos.

Vance frunció el ceño al pensarlo. No le gustaba la idea de que pudiese haber un espía en Waverly's. Hacía años que conocía a la mayoría de las personas que trabajaban en la empresa. Muchas lo habían visto crecer, no podía sospechar de ellas. Además, no entendía que nadie pudiese querer traicionar a Waverly's. Siempre había sido un buen lugar para trabajar. Una empresa que cuidaba de sus empleados. Hasta tenía una guardería en el cuarto piso para que las madres no tuviesen que preocuparse por sus hijos mientras trabajan.

Eso le hizo pensar en la fotografía que había encima del escritorio de Charlie. La foto de un niño pequeño que sonreía a la cámara. Se sintió incómodo.

Por un instante, se preguntó si debía sospechar de Charlie.

–Estoy segura de que sabes cuál es la mejor manera de solucionar el problema, Ann –le estaba diciendo Veronica Jameson.

Junto a Edwina, eran las dos únicas mujeres de la junta y siempre protegían a Ann.

–Gracias –respondió esta–. Te lo agradezco mucho.

–Sí, claro –dijo Simon West.

–Soy consciente de lo complicada que es la situación –añadió Ann–, pero si nos unimos, estoy segura de que...

–¿Que nos unamos? ¿Contra qué? ¿Contra algún peligro efímero? ¿O contra ti? –continuó Simon, un hombre enjuto y marchito de unos cien años, que golpeó el suelo con su bastón para acaparar la atención de todo el mundo.

Incluso Vance salió de sus pensamientos para mirarlo.

Simon parecía furioso y Vance tuvo la sensación de que le iba a dar un ataque.

–¡Esto no había pasado nunca, hasta que permitimos que una mujer adquiriese el mando!

–Por Dios santo –murmuró Vance.

–Ese comentario no es nada amable –respondió Ann.

Y Vance la admiró por su paciencia.

Veronica y Edwina se lanzaron a defender a su directora ejecutiva.

Vance clavó la vista en la silla vacía en la que debía estar sentado su tío, Rutherford Waverly. Era el miembro más antiguo de la junta y tenía que haber estado allí. De hecho, a él le habría gustado que su tío se ocupase de aquello, pero Rutherford siempre había odiado

Waverly's y todo lo relacionado con la empresa desde que se había peleado con Edward, el padre de Vance, hacía varias décadas. El propio Vance hacía años que casi no hablaba con él.

No obstante, en esos momentos le habría gustado escuchar una opinión imparcial.

–Nos guste o no lo que está ocurriendo –declaró Ann, silenciando al resto–, la situación es la que hay y tenemos que lidiar con ella. Si Dalton Rothschild está preparando una ofensiva, tenemos que estar todos atentos. Odio decirlo, pero es posible que alguien nos esté espiando.

Vance volvió a pensar en su nueva secretaria. ¿Qué sabía en realidad acerca de ella?

La cuarta planta formaba parte de Waverly's, pero era tan diferente del resto de la empresa que podría haber estado en otro planeta. El resto de plantas del edificio eran tranquilas, bonitas, elegantes.

Allí era todo colores primarios y olía a pinturas, a galletas y a leche. El resto del edificio solía estar en un silencio sepulcral, pero allí se oían risas y gritos.

Cada vez que Charlie iba a la cuarta planta, se sentía agradecida con Waverly's por cuidar tan bien de sus empleados. Si hubiese tenido que pagar una guardería no podría estar viviendo en el piso de dos dormitorios al que se había mudado. Además, se pasaría el día preocupada por Jake.

Sabiendo que su hijo estaba allí no tenía que preocuparse de nada.

Atravesó una habitación llena de mesas y sillas, donde también había dos ordenadores, que utilizaban los niños más mayores después del colegio, mientras esperaban a que sus padres terminasen de trabajar. Se asomó al dormitorio, donde había media docena de cunas y dos cómodas mecedoras, y después se detuvo en la puerta de la sala de juegos.

Oyó un grito de alegría y corrió a tomar en brazos a su hijo, que estaba jugando en el suelo. Olía a champú y a plátano. Sonrió al ver que la abrazaba y enterraba el rostro en la curva de su cuello.

–Mamá…

Le encantaba oírlo llamarla así, porque era lo que la definía en esos momentos. La vieja Charlie se había quedado atrás nada más enterarse de que estaba embarazada. La mujer que una vez había soñado con tener éxito, con coches caros y bonitas casas se había convertido en madre. Y sus sueños habían pasado a incluir a su hijo. Solo quería que fuese feliz y poder darle un buen futuro.

Lo abrazó y se dijo a sí misma que Jake jamás se preguntaría si lo querían. Jamás tendría miedo.

Lo miró a los ojos azules oscuros, heredados de un padre al que no había conocido, y le preguntó:

–¿Te has portado bien?

Jake sonrió y a ella se le derritió el corazón.

–Es un niño estupendo y tú lo sabes –le dijo Linda Morrow, acercándose–. El bebé más dulce del mundo.

–Estoy de acuerdo –dijo Charlie, dándole un beso a su hijo antes de volver a dejarlo en la alfombra–. He bajado a ver el salón para la subasta del sábado y no podido evitar pasarme por aquí.

–Lo comprendo –dijo Linda–. Es lo bueno de trabajar en un lugar así. Poder ver a tu hijo durante el día te hace sentirte más segura…

–¿Tanto se me nota?

–Les ocurre a todas las buenas mamás –le respondió Linda, guiñando un ojo–. Sabes que tu hijo está bien aquí, pero tu corazón te obliga a venir a verlo de vez en cuando.

–Ojalá pudiese venir más.

–Esta mañana ha dado un paso solo –le contó Linda.

–¿De verdad?

–Ha sido solo un paso, luego ha puesto cara de sorpresa y se ha dejado caer al suelo, pero no tardará en correr.

–Sí, ¿verdad? Crecen tan rápidamente.

Charlie vio cómo su hijo se ponía de rodillas, levantaba los brazos y después se dejaba caer hacia delante, sobre un oso de peluche, riendo. Pronto echaría a andar, después a correr, luego iría al colegio, más tarde a la universidad, se casaría, formaría una familia y... Charlie se rio sola. Jake solo tenía trece meses y ya casi lo había jubilado.

Tenía mucho tiempo por delante para disfrutar de él.

—Tengo que volver al trabajo —dijo, yendo hacia la puerta muy a su pesar. Miró a su hijo por última vez, como para recordarse por qué trabajaba, y salió.

De vuelta en su despacho, Charlie se puso al día con el correo de Vance, las solicitudes de autentificación del departamento de bellas artes y la procedencia de los artículos de la siguiente subasta, la porcelana de la dinastía Ming.

Le resultaba fascinante leer acerca de artistas que habían vivido varios siglos antes, que habían creado cosas tan bellas y frágiles que habían perdurado en el tiempo.

Mientras imprimía unos documentos oyó un pitido que la informó de que acababa de llegarle un correo nuevo. El asunto decía: «Información exigida».

A Charlie se le detuvo el corazón en el pecho, dejó de respirar. Y sintió miedo.

Capítulo Cuatro

Vance salió de la sala de juntas, todavía dándole vueltas a todo lo que Ann había dicho. Quería creer que no había nada entre Dalton Rothschild y ella. También quería creer que no había ninguna conspiración contra Waverly's.

Pero lo peor era que no podía dejar de pensar que, si había un topo en la empresa, podía ser Charlotte Potter. Era relativamente nueva y acababa de estrenar el puesto de secretaria personal del propio Vance, lo que le daba acceso a mucha información delicada acerca de Waverly's.

Fue hacia su despacho con el ceño fruncido. Todo el mundo lo dejó pasar al cruzarse con él, pero Vance iba tan ensimismado que ni se dio cuenta.

¿Sería Charlie una espía?

¿O era tan inocente como parecía?

Si había algo sospechoso, tendría que averiguarlo.

***

Charlie clavó la vista en el breve mensaje:

Sé quién eres en realidad.

Reenvía a esta dirección todos los archivos profesionales de V. Waverly de los últimos cinco años o te podrían acusar de no tener capacidad de criar de tu hijo.

Charlie se llevó una mano a la boca mientras el pequeño y ordenado mundo que había construido a su alrededor se derrumbaba.

Sintió miedo y notó que le costaba respirar. Por supuesto que tenía capacidad para criar a su hijo. Lo quería y se enfrentaría a cualquiera que dijese lo contrario, pero, no obstante, era consciente de que no podía cambiar su pasado. Ni ocultarlo. Y que si alguien se enteraba...

Alguien lo había hecho ya, pero ¿quién? No era posible. Nadie en Nueva York sabía nada de ella, de dónde había crecido ni de quién era su familia. Salvo...

La única persona que conocía su pasado era el padre de Jake, al que no había visto desde que se había quedado embarazada.

Un hombre que, tal y como había averiguado cuando había intentado encontrarlo, ni siquiera existía.

Qué tonta había sido. Joven, tonta y confiada. Nada más llegar del pueblo había empezado a trabajar en Waverly's y se había sentido...

sofisticada. Se había sentido abrumada por un mundo de posibilidades que nunca antes había conocido.

Había alquilado un pequeño apartamento en Queens y había tomado el metro para ir cada día a trabajar a Manhattan. Se había sentido parte de la bulliciosa ciudad y había sido una presa fácil para el hombre que la había cortejado.

Recordó de repente el momento en el que se le había caído el teléfono móvil y un hombre alto y guapo se lo había recogido. Ella lo había mirado a los ojos marrones y había perdido de golpe todo el sentido común que su abuela había estado años inculcándole.

—Ni siquiera tuvo que esforzarse —susurró, avergonzada al admitir la facilidad con la que había recibido los halagos, las atenciones.

En tan solo unas semanas había creído haber encontrado el amor verdadero. Había pensado que un importante arquitecto, Blaine Andersen, solo quería estar con ella. Este la había tratado muy bien y Charlie había pensado que era su príncipe azul.

Hasta que le había contado que estaba embarazada y había desaparecido. Hasta que había intentado encontrarlo y había averiguado que no había ningún Blaine Andersen y que ella se había tragado un montón de mentiras solo porque tenía la patética necesidad de sentirse amada. Aceptada.

Todo aquello y más pasó por su mente en cuestión de segundos, dejándola conmocionada, pero también furiosa. Aquello tenía que ser obra de Blaine. Era la única persona a la que le había hablado de su pasado.

Pues no iba a engañarla dos veces.

¿Quién eres?

Respondió al mensaje. La respuesta no se hizo esperar:

Eso no importa.
Te conozco. Y vas a perder a tu hijo.

Aquello la enfadó todavía más. Notó cómo se le encogía el estómago. El último mensaje llevaba un documento adjunto. Le dio miedo abrirlo, pero lo hizo.

Era un viejo artículo de periódico que hablaba de su padre y de cómo había muerto. Charlie cerró el documento corriendo.

Luego, se agarró las manos con fuerza. No sabía qué hacer. Si tenía que luchar por su hijo ante un juez, lo perdería. Estaba segura. No tenía el dinero necesario para contratar a un buen abogado. Además, ni siquiera conocía el nombre real del padre de Jake. Y si indagaban acerca de su pasado… de dónde venía, cuál era su familia…

–Dios mío.

–¿Pasa algo?

Charlie se sobresaltó y se dio la vuelta. Vance Waverly estaba junto a la puerta. Ella se preguntó si se le notaría lo asustada que estaba. ¿Cuánto tiempo llevaría su jefe allí? ¿Qué habría visto u oído?

Vance la estaba mirando fijamente.

–No –le respondió–. No pasa nada.

No le costó mentir, pero no le gustó hacerlo. No quería mentirle, pero no tenía elección.

–Bien –le dijo él sin dejar de mirarla–. ¿Tienes ya preparados los papeles de los jarrones Ming?

–Sí, ahora se los llevo.

–¿Estás segura de que todo va bien? –insistió Vance.

Charlie no podía contarle que estaba asustada ni que alguien estaba intentando chantajearla. No podía arriesgarse a que se enterase de nada, al menos, hasta que no hubiese encontrado la manera de salir de aquel embrollo. Se le ocurriría algo. Solo necesitaba tiempo. Un poco de tiempo.

Respiró hondo y asintió.

–Sí. Ahora le llevo esos documentos.

Al ver entrar a Vance en su despacho, Charlie se vino abajo.

¿Qué iba a hacer?

Si enviaba los archivos a la persona que la estaba amenazando, podría perder su trabajo.

Y si no lo hacía, podría perder a su hijo. No obstante, si enviaba los archivos y alguien se enteraba, iría a la cárcel y también perdería a su hijo.

Sintió ganas de llorar, pero se contuvo. No iba a hacerlo. Ya no era la chica ingenua a la que el padre de Jake había embaucado. Había madurado y había aprendido la lección. En esos momentos, no se estaba protegiendo solo a sí misma. Era madre. Y nadie iba a quitarle a su hijo. Nadie.

Durante los siguientes días, Vance intentó tener vigilada a su nueva secretaria. No la conocía mucho, pero de repente estaba cambiada. Nerviosa. Abría el correo electrónico como si le fuese a explotar el ordenador.

—Le pasa algo.

—Pues averigua qué es —le sugirió Roark.

—Qué buena idea. ¿Cómo no se me habrá ocurrido antes?

Ajeno a la nota de sarcasmo en su voz, Roark se encogió de hombros y miró a los transeúntes que iban y venían por la Quinta Avenida. Había llegado el verano y hacía sol. El cielo estaba azul, hacía calor y los puestos de la calle no paraban de vender botellas de agua fría.

A pesar de la sombrilla, Vance tenía calor. Le agobiaba la chaqueta del traje, pero había sido él quien había insistido en comer en la terraza de una cafetería con su hermano, para no arriesgarse a que alguien los oyera.

–Ayer, por ejemplo, entré en mi despacho y Charlie estaba sentada en mi escritorio. Cuando me vio, estuvo a punto de desmayarse.

Roark sonrió.

–Eso no tiene por qué significar nada. A veces das miedo.

Vance frunció el ceño. No daba miedo. ¿O sí? Era cierto que mucha gente se apartaba de su camino cuando entraba en una habitación. ¿Sería eso? ¿Ponía a Charlie nerviosa solo con su presencia?

Negó con la cabeza.

–No, no es eso. No parecía asustada. Su expresión era de culpabilidad.

Roark espiró y se giró hacia su hermano, se puso las gafas de sol en la cabeza y dijo:

–Si de verdad quieres saber qué está pasando, conquístala.

–¿Qué?

–Llévala a cenar. A bailar. Un poco de vino… Es la manera más rápida de llegar al meollo del asunto.

–No es ético.

–Espiar a tu jefe tampoco lo es.

Vance sacudió la cabeza.

–No puedo salir con mi secretaria.

–No hay ninguna ley que lo prohíba.

–Podrían acusarme de acoso sexual.

Roark se echó a reír.

–No te he dicho que te acuestes con ella.

No, pero en eso precisamente era en lo que había pensado Vance. Llevaba días pensando en Charlie Potter, y no solo porque sospechase de ella.

Había pensado en enterrar los dedos en su melena rubia y ondulada. Luego estaba su olor, suave, a flores, que estaba en el despacho incluso cuando ella se marchaba. El sonido de su voz, sus piernas con aquellos tacones que llevaba... Sí, en los últimos tiempos, había pensado mucho en ella.

Apartó de su mente aquellas imágenes y dijo:

–¿Y si averiguo que es culpable?

–Pues la despides –le contestó Roark–. Utilízala para engañar a Rothschild.

–La utilizo y después me deshago de ella, ¿no?

Roark no había sido educado como un Waverly, pero pensaba como ellos. Debía de llevarlo en la sangre. Su propio padre, nada más recuperarse de la pérdida de su esposa y de su hija, pronto las había sustituido con otras mujeres.

Vance había crecido sin amor. Su padre jamás había vuelto a poner en peligro su corazón y él había hecho lo mismo.

A Roark lo había criado una madre soltera, tal vez él tampoco hubiese recibido mucho amor.

Vance pensó que eso hacía que tuviesen otra cosa más en común.

–Mira –le dijo Roark–, si es culpable, no le deberás nada. Si es inocente, no tendrás que hacer nada. Vas a salir ganando en cualquier caso.

–Lo pensaré.

–Bueno, pues ya me contarás cómo va la cosa –añadió Roark, poniéndose las gafas de sol y retirando la chaqueta de cuero del respaldo de la silla. Se la puso y añadió–: Me marcho. Esta noche tomo un vuelo a Dubái y todavía tengo que hacer un par de cosas.

–¿A Dubái? –repitió Vance sonriendo.

Su hermano pequeño era un experto en encontrar cosas valiosas que después se subastaban en Waverly's. El único inconveniente era que paraba poco por Nueva York.

–Sí –respondió él–. Me han hablado de algo increíble. Si lo consigo, a Rothschild se le acabará la suerte. Estaremos tan por encima de él que no podrá alcanzarnos nunca.

–¿Qué es? –le preguntó Vance, intrigado.

–Una sorpresa –respondió Roark–. La espera merecerá la pena. Confía en mí.

Lo hacía. A pesar de que no habían crecido juntos, Vance se sentía más unido a Roark que a nadie en el mundo. Lo miró y deseó que su padre le hubiese hablado de él muchos años antes.

Roark había crecido con su madre, que se

había negado a decirle quién era su padre. Cuando Vance lo había encontrado y le había dicho quién era, a Roark le había costado aceptar la verdad. Había querido pruebas. Pero lo único que Vance tenía era una nota, escrita por su difunto padre para Roark. Y no era suficiente.

No obstante, tenían una buena relación y aunque Roark no quisiese admitirlo, eran hermanos.

Vance pagó la cuenta y se marcharon.

–Cuídate –le dijo antes de separarse.

–Siempre lo hago –le aseguró Roark, dándole una palmada en el hombro–. Pronto estaré de vuelta. Y siempre llevo encima el teléfono móvil. Si me necesitas, llámame.

–Lo haré –respondió Vance, viendo cómo se alejaba y se perdía entre la multitud.

Su hermano, el solitario buscador de tesoros, tenía una nueva misión. Él también tenía la suya: cortejar a su secretaria. Al parecer, el trabajo de Roark iba a ser mucho menos interesante que el suyo.

Cuando llegó el fin de semana, Charlie ya no podía más.

–Lote treinta y dos –anunció el subastador.

Ella se sobresaltó, respiró hondo y se dijo a sí misma que tenía que concentrarse en entrar en la sala con una bandeja en la que había una tiara de diamantes y zafiros. No podía tropezarse y dejar caer la bandeja.

Se puso tensa solo de pensarlo y avanzó despacio. El subastador se giró a mirarla con impaciencia.

Ella lo ignoró y se detuvo al lado del podio.

Las piezas que eran demasiado grandes o frágiles se presentaban en una enorme pantalla plana que había detrás del subastador, pero lo normal era llevar a la sala piezas como la tiara, para que todo el mundo pudiese admirarlas.

Aunque los postores ya habían tenido la oportunidad de estudiar los objetos a subasta. Antes de la puja se ofrecía una recepción en la que los ricos y famosos bebían champán y decidían lo que querían comprar.

Charlie notó como todo el mundo la miraba. En realidad, no la miraban a ella, sino la tiara, que brillaba como una estrella bajo la luz de los focos.

Cualquier otro día, Charlie habría disfrutado mucho de aquello. Habría sonreído y se habría paseado por la sala para que todo el mundo pudiese ver la joya de cerca.

Pero esa mañana lo único que podía hacer era estar allí quieta.

Se dijo que tendría que haber llamado y haber dicho que estaba enferma, pero necesitaba el dinero. Y, sobre todo, no quería que su vida cambiase. No quería estar asustada, así que fingía no estarlo. No quería perder lo que estaba empezando a construir allí.

–Saldremos con treinta y cinco mil dólares…

El subastador empezó a hacer su trabajo y Charlie volvió a desconectar.

Tenía que encontrar una solución a su problema. Todos los días abría el correo con miedo. Y todos los días tenía un mensaje, cada vez más amenazador, de su extorsionador. Ella no había vuelto a responderle, había tenido la esperanza de que pensase que no recibía los mensajes.

Pero en el fondo sabía que la persona que le estaba escribiendo quería información y no iba a parar hasta que la consiguiese.

¿Qué podía hacer? ¿Ir a la cárcel o perder su trabajo? ¿Perder a su hijo?

El corazón se le aceleró y notó que se mareaba. Así que tragó saliva e hizo un esfuerzo. La subasta avanzaba con rapidez. Era algo mágico, emocionante, pero Charlie no podía disfrutarlo. A sus espaldas, el golpe del martillo la asustó.

–Vendida por setenta y cinco mil dólares.

Esa era la señal para que Charlie volviese a dejar la tiara en la sala a la que su nuevo dueño iría a buscarla después de la subasta.

–Gracias, cielo –le dijo Justin, tomándola de las manos–. Te da tiempo a sentarte o a hacer algo. Te necesitaré otra vez para los lotes cuarenta y uno y cuarenta y seis.

–Aquí estaré –respondió ella, obligándose a sonreír.

–Eh, ¿estás bien?

¿Tanto se le notaba? ¿Cómo iba a engañar a Vance Waverly si hasta Justin, que solo tenía ojos para sus joyas, se había dado cuenta nada más verla?

–Estoy bien. Es solo que tengo hambre. No he desayunado.

–Pues ve a comer algo –le dijo él–. Hay de todo en la sala de descanso.

–Sí.

Charlie salió de allí. Necesitaba estar en un sitio donde pudiese pensar.

Aunque lo cierto era que llevaba días pensando en su problema y no había encontrado una solución. No sabía qué hacer. No sabía a quién contárselo, porque nadie la había conocido antes de llegar a Manhattan y no quería que eso cambiase.

Se sentó en una silla delante de la mesa llena de sándwiches, galletas y pasteles y tomó una galleta de canela. La mordió y le supo a serrín.

Jake estaba jugando en la cuarta planta, en la guardería. Allí estaba seguro y era feliz. Y así era como debía continuar, pero, para conseguirlo, tendría que robarle información a su jefe. No sabía qué hacer.

–Nada es tan grave –le dijo una voz desde la puerta.

Se giró y vio a Vance Waverly, observándola.

El estómago se le encogió al verlo tan guapo. Iba vestido con unos vaqueros oscuros, camisa blanca y botas negras desgastadas. No solo estaba guapo, su aspecto era... peligroso. Y tan sexy que a Charlie se le secó la boca.

Se atragantó con la galleta y empezó a toser.

Él se acercó, le ofreció una botella de agua y esperó a que bebiese.

Cuando la vio tranquila, sonrió. Charlie se dijo que casi era mejor que sonriese poco, porque no podía haber ninguna mujer que fuese inmune a las sonrisas de Vance Waverly.

—Creo que es la primera vez que hago que se atragante una mujer.

Ella frunció el ceño.

—Me has asustado.

—Eso es evidente. ¿Estás bien?

—Sí.

—Me alegro.

Vance tomó una silla y se sentó a su lado.

—¿Por qué estás tan nerviosa?

—Por nada —mintió Charlie, mirándolo a los ojos.

Tenía unos ojos muy bonitos, las pestañas largas y una mirada intensa que parecía estar diseccionándola. Eso no le gustó.

–Es solo que estoy cansada. Mi hijo no durmió bien ayer, así que yo, tampoco.

–¿Y no pudo ocuparse tu marido de él?

Charlie se ruborizó.

–No estoy casada. Solo somos Jake y yo.

–Debe de ser duro.

–Lo es, pero no lo cambiaría por nada del mundo.

–Qué suerte tiene tu hijo –comentó Vance sin dejar de mirarla.

–¿Qué está haciendo aquí? –le preguntó ella.

–Trabajo aquí –respondió él, sonriendo de medio lado.

–Sí, pero no suele venir a las subastas.

Él se encogió de hombros.

–Quería verte.

–Me ve todos los días –respondió ella, todavía más nerviosa.

–Ya, pero esto es diferente. No estamos en el despacho. Es más como si fuésemos… amigos.

Ella se echó a reír y volvió a beber agua.

–¿Amigos?

–¿Hay algo de malo en eso?

Charlie pensó que no eran amigos.

Los amigos no le hacían sentir tanto calor ni la ponían tan nerviosa como la ponía la presencia de Vance.

Tampoco soñaba con sus amigos, como le pasaba con Vance y, además, los amigos no despedían fuego por los ojos al mirarse los unos a los otros.

—Supongo que no —respondió.

—Me alegro, porque quería invitar a mi amiga a cenar esta noche.

—¿Qué?

Capítulo Cinco

A Vance nunca le habían gustado las sorpresas.

No solían salir bien, ni para el que la daba ni para el que la recibía. Le gustaba saber lo que iba a pasar y controlar la situación.

Su hermano, Roark, era todo lo contrario a él. No le gustaba tenerlo todo planeado y prefería improvisar.

Así que fue el primero en sorprenderse al invitar a Charlie a cenar. Aunque, a juzgar por la expresión de esta, ella tampoco se lo había esperado.

Vance había ido allí para apoyar a Waverly's, pero también para vigilar a Charlie. Ver qué hacía, con quién hablaba.

Lo cierto era que no había planeado invitarla a cenar. Sabía que tener cualquier tipo de relación con su secretaria sería, como poco, problemático. Probablemente, un desastre.

Pero no había podido evitar pensar en lo que le había dicho su hermano Roark: conocer a Charlie fuera del trabajo era una manera de conocer más cosas sobre ella y de averiguar si era una espía o si era tan inocente como parecía.

–¿A cenar? –inquirió ella–. ¿Con usted?

Él puso los ojos en blanco.

–No, con Justin.

Charlie se echó a reír.

–No creo que a la esposa de Justin le hiciese gracia.

–Yo no estoy casado… Y tú tampoco, así que… ¿cuál es el problema?

–Que es mi jefe.

–Pero si yo digo que está bien, debería estarlo.

–No sé –respondió ella, levantando la mirada, como para comprobar que seguían solos en la habitación.

–Es solo una cena, Charlie –insistió Vance, todavía sin saber por qué lo hacía.

Tal vez porque no estaba acostumbrado a que ninguna mujer lo rechazase. Lo habitual era que lo persiguiesen, pero Charlotte Potter era diferente.

–Tienes que comer.

Ella espiró.

–Se lo agradezco, pero tengo a Jake en la guardería y…

–Podemos llevarlo con nosotros –sugirió Jake, sin poder creer que hubiese dicho aquello.

Pasar tiempo con un niño no había formado parte del plan. No se acordaba ni de la última vez que había visto a un niño, pero era lo único que se le había ocurrido para convencerla.

Charlie rio.

–¿Quiere cenar con un bebé? ¿Usted?

A pesar de que un segundo antes él mismo había dudado de su sensatez, la pregunta de Charlie le pareció insultante.

–Hace por lo menos diez años que no me he comido a ninguno –le dijo muy serio–. Puedes estar tranquila.

Ella sonrió.

–Él sobrevivirá, pero ¿y usted?

–Es solo una cena, Charlie.

–Señor Waverly…

–Vance –la corrigió.

Ella lo miró horrorizada y eso lo molestó.

–No creo que pueda llamarlo así.

Vance frunció el ceño. Charlie no se lo estaba poniendo fácil. Nunca había tenido que esforzarse tanto para conseguir salir con una mujer. Había esperado que aquella aceptase su invitación con una sonrisa. Tenía que haberse imaginado que Charlie Potter no iba a actuar como él esperaba.

–Soy el jefe –le recordó–, así que si te digo que puedes, es que puedes.

–De acuerdo, Vance –dijo ella, sacudiendo la cabeza al mismo tiempo–. Como ya he dicho, te agradezco la invitación, pero no te imagino cenando con un bebé.

Aquello lo enfadó. No era un maldito monstruo. ¿Qué más daba que no tuviese ninguna relación con ningún niño? Era Vance Waverly, no había nada que se le resistiese.

–Se rumorea que yo mismo fui niño una vez.

–¿Y hacen trajes tan pequeños?

Él inclinó la cabeza y la estudió.

–¿Me estás tomando el pelo?

–Un poco –admitió Charlie.

Vance no podía recordar la última vez que había ocurrido aquello. Y lo más sorprendente era que le gustaba. Otra cosa que tampoco había planeado.

–No pasa nada –dijo, mirándola a los ojos–. Puedo soportarlo.

–Señor Waverly… Vance –se corrigió Charlie antes de que lo hiciese él–. No sé qué pasa, pero…

Iba a rechazarlo y Vance no podía permitirlo. Se dijo que lo estaba haciendo por Waverly's, pero la verdad era mucho más complicada. Y no quería reconocerla.

Se inclinó hacia delante, apoyó los antebrazos en las rodillas y la miró a los ojos.

–Charlie, es solo una cena. Cuando hayas terminado aquí, recogeremos a tu hijo e iremos a tomar algo.

–Eso me ha sonado más bien a orden –dijo ella con el ceño fruncido.

–¿Tiene que serlo?

Ella se quedó pensativa y luego asintió.

–Me lo pondría más fácil.

–Pero si solo es una cena, no pretendo llevarte a Bali a pasar el fin de semana en la cama…

Vance se interrumpió y se la imaginó desnuda, con su melena rubia extendida sobre la almohada. Sus ojos mirándolo, sus brazos… Cambió de postura, incómodo, y se dio cuenta de que Charlie estaba hablando.

–Está bien, de acuerdo. Una cena. Aunque falta por lo menos una hora para que termine aquí.

–Bien –murmuró él, preguntándose de dónde salían aquellos pensamientos y aquellas imágenes. Y preguntándose si ella habría pensado en lo mismo.

–¡Charlie! –la llamó Justin desde la otra habitación–. ¡Te necesito!

–Voy –respondió ella, como si se sintiese aliviada de poder marcharse.

Se levantó de la silla y antes de marcharse le preguntó:

–¿Vas a ver la subasta?

–Sí –respondió él, tenso–. Ahora voy.

–Hasta luego.

–Vance –dijo él.

–Vance –repitió Charlie.

Él asintió y la vio marchar. No pudo evitar clavar los ojos en la curva de su trasero y bajarla por sus esbeltas piernas…

«Deja de mirarla o no podrás salir de aquí», se dijo a sí mismo, tomando una maldita magdalena de la mesa.

Salieron a subasta algunas de las piezas más fabulosas del día. En cualquier otra ocasión, Charlie había disfrutado mucho, pero en esos momentos solo podía estar preocupada.

Y no solo porque la estuviesen amenazando.

Vance había hablado de pasar un fin de semana en Bali y su imaginación había echado a volar al instante. Se los había imaginado juntos, en la playa, bajo la luz de la luna. Abrazados y con Vance acariciando su piel desnuda.

En un instante, había pasado de pensar en Vance Waverly como en su jefe, a imaginárselo de amante. No le había costado ningún esfuerzo hacerlo.

No sabía cómo actuar ni entendía que Vance estuviese tan simpático de repente.

Quería cenar con Jake y con ella, cuando la mayoría de los hombres salían huyendo cuando veían a una madre soltera. Además, a Vance no parecían gustarle los niños. Entonces…

–Vendido por cuarenta y siete mil dólares –anunció el subastador, y Charlie salió de sus pensamientos.

Tenía que centrarse en lo que estaba haciendo. Debía salir de nuevo a la sala con el collar que Justin le había enseñado a principios de esa semana y no quería que se le cayese, sonrió y echó a andar mientras el subastador continuaba:

–Ahora, el último objeto del día y la estrella de la colección. El collar de diamantes y rubíes de la reina de Cadria. Como ven, los detalles son extraordinarios.

En la pantalla plana que había detrás del podio apareció una fotografía de la joya y las mujeres de la sala suspiraron.

Charlie estaba de acuerdo con ellas.

Se paseó por el pasillo central mientras el subastador iba diciendo:

–Este magnífico collar fue un regalo de bodas para la que fue la reina de Cadria. Según la leyenda, promete un matrimonio feliz a la mujer que lo lleva. Pueden encontrar los detalles de la pieza en el programa. Abrimos la subasta con ciento cincuenta mil dólares.

Charlie siguió paseándose y vio a Vance en la última fila. Tenía la mirada fija, pero no en el collar, sino en ella.

De repente, volvió a pensar en aquella playa imaginaria de Bali y se le aceleró el pulso. No estaba acostumbrada a que los hombres la mirasen con tanto… deseo. Pero este era evidente y Charlie se dijo que cenar con Vance podía abrir una puerta que estaría mejor cerrada.

Le sonrió suavemente y volvió a su sitio al

lado del podio. Fue una puja furiosa, pero ella no le prestó atención.

Desconectó y se preguntó cómo era posible que su vida hubiese cambiado tanto en una semana. No solo la estaban intentando chantajear, sino que estaba teniendo sueños eróticos con un hombre que, solo unos días antes, la había aterrado.

Intentó pensar en otra cosa y, mirando el collar, pensó que esperaba que fuese a parar a manos de alguien que supiese apreciarlo por su belleza, y no solo porque lo considerase una inversión. Algo tan bonito merecía ser utilizado. Tocado.

—Gracias, señoras y señores —anunció el subastador—. Con esto termina la subasta de hoy y Waverly's quiere agradecerles su asistencia. Les servirán una copa de champán en el salón principal si quieren quedarse un rato. Y los afortunados que han conseguido las piezas que querían, pueden cerrar la compra en la antesala. Gracias de nuevo.

Se oyeron aplausos y Charlie salió de sus pensamientos y se dio cuenta de que no se había enterado de quién había comprado el collar. Se lo llevó de allí.

Su momento Cenicienta se había terminado y tenía que volver a su vida, que estaba llena de calabazas.

—Ha sido increíble —comentó Justin mientras le daba el collar.

–¿Por cuánto lo han vendido al final? –preguntó ella.

–¿No te has enterado?

Ella negó con la cabeza.

–He debido de desconectar.

Justin la miró como si no pudiese entender que no hubiese prestado atención a algo tan importante.

–La oferta final ha llegado por teléfono –le contó–. Lo odio. Me gusta saber quién compra las piezas.

Charlie sonrió porque era casi como si Justin considerase que las joyas de las que se encargaba eran suyas.

–En cualquier caso –añadió este–, al final el collar se ha vendido por trescientos setenta y cinco mil.

Charlie lo miró sorprendida.

–¿Trescientos setenta y cinco mil dólares?

Justin arqueó las cejas y le brillaron los ojos.

–Ya te dije que era una pieza magnífica, ¿no?

Ella bajó la vista a la joya y respiró hondo.

–Me alegro de no haberlo oído cuando todavía lo tenía en las manos.

–Gracias por tu ayuda, cielo –le dijo Justin, colocando el collar en su vitrina.

Fuese quien fuese el comprador, en esos momentos estaría pagándolo. Después lo envolverían y se lo mandarían. Charlie no quería imaginarse cómo podría guardar alguien un objeto tan valioso en casa, pero no era su problema.

–Ya sabes que me encanta trabajar en las subastas, Justin –le respondió, mirándose el reloj–. Será mejor que me marche. Todavía tengo que recoger a Jake.

–Por supuesto.

–¿Estás lista?

Charlie oyó la voz profunda de Vance a sus espaldas, en la puerta, y no pudo evitar estremecerse.

–Sí –le respondió, girándose hacia él.

–¿Lista para qué? –quiso saber Justin.

Charlie se maldijo. Adoraba a Justin, pero este no sabría guardarle el secreto ni aunque le sellase los labios. Y Vance debía de saberlo también. ¿Por qué no había tenido más cuidado? ¿O no le importaba que la gente supiese que iban a cenar juntos? Y si no le importaba, ¿sería porque se trataba más de una cena de trabajo que de una cita? Pero, si era una cena de trabajo, ¿debía llamarlo Vance? ¿Habría hecho este el comentario acerca de Bali?

¿Por qué no podía dejar ella de pensar en eso?

Vance no dijo nada y Justin se quedó esperando, mirándolos a ambos con interés.

Al final, fue Charlie la que habló.

–Vance, quiero decir, el señor Waverly, nos va a llevar a Jake y a mí a casa.

–Umm.

–Primero a cenar y después a casa –aclaró Vance.

Charlie gimió en silencio.

–Ya veo –comentó Justin con la mirada brillante–. En ese caso, no te entretengo más.

Justin le guiñó un ojo y Charlie suspiró. El daño ya estaba hecho. Pronto todo el edificio hablaría de lo que había o no había entre Vance y ella.

Tomó su bolso, que estaba en una silla, y se lo colgó del hombro. Miró a su jefe y dijo:

–Ya podemos marcharnos.

En cuanto estuvieron donde nadie podía oírlos, Charlie miró a Vance y le dijo:

–¿Te das cuenta de que mañana todo Waverly's sabrá que hemos salido a cenar juntos?

–Sí –respondió él–. Hace mucho tiempo que conozco a Justin.

–¿Y por qué lo has dicho delante de él?

–¿Querías mantenerlo en secreto?

–En secreto, no –respondió ella mientras subían en el ascensor a la cuarta planta–, pero...

Él arqueó una ceja.

–¿Pasa algo?

–¿A ti qué te parece?

Era su jefe e iba a salir con él. A Vance no parecía importarle que la gente se enterase, pero ella se sentía incómoda con la situación. Le estaba haciendo sentir cosas que no quería sentir, pero que le gustaban. Además, la familia de Vance había fundado Waverly's y a ella

69

la estaba chantajeando para que lo traicionase a él y a la casa de apuestas a la que tanto quería.

¿Podía complicársele la vida todavía más?

—Me parece que le estás dando demasiadas vueltas al tema.

Vance la agarró de la mano y Charlie se puso a sudar. Mientras la conducía por el pasillo que la llevaba hasta la guardería, se dio cuenta de que estaba metida en un buen lío.

Y lo peor era que no le importaba.

Aquello era el infierno.

Vance lo supo nada más oír los gritos.

Cuando había invitado a Charlie a cenar, había pensado llevarla a un sitio agradable, especializado en carnes. Un lugar ni demasiado elegante ni demasiado informal. Una cosa intermedia, donde el servicio fuera bueno y el ambiente tranquilo, para poder charlar. Así podría intentar descubrir si era el enemigo o no.

No había pensado en una cafetería decorada a modo de zoo en la que había más niños que adultos y la especialidad de la casa eran los macarrones con queso.

—Pareces incómodo.

—¿Qué? —gritó él para que Charlie lo oyese a pesar de los gritos.

—He dicho que no pareces contento. Tengo

70

la impresión de que preferirías estar en cualquier otra parte que no fuese esta.

–No he dicho eso.

–No, lo he pensado yo, pero es cierto.

–Es solo que hay demasiado ruido.

–¿Sí? –dijo ella, encogiéndose de hombros mientras cortaba un trozo de pollo y lo dejaba en la bandeja de su hijo–. No me había dado cuenta.

El niño, que era muy guapo, estaba sentado en una trona y se estaba portando mucho mejor que los pequeños tiranos que corrían por todo el restaurante.

–¿No? Pues yo no me había dado cuenta de que estuvieras sorda.

Charlie se echó a reír y Vance notó que se le encogía algo por dentro que le impedía respirar. Cuando sonreía, era preciosa. Cuando reía, era incomparable. Todo su rostro se iluminaba y le brillaban los ojos.

No pudo evitar responderle con una sonrisa.

–Lo siento mucho, Vance. Estás muy incómodo, ¿verdad?

De repente, a él ya nada le parecía tan mal.

–No, en absoluto.

–Pues, a juzgar por la expresión de tu rostro, cualquiera diría que estás deseando salir corriendo de aquí.

Vance frunció el ceño.

–No es verdad.

–Entonces, deberías sonreír para hacerme sentir mejor.

Vance sonrió.

–Deberías hacer eso con más frecuencia. Intimidas mucho menos cuando sonríes.

–Tal vez me guste intimidar.

–Pues se te da muy bien –comentó Charlie, inclinándose para darle a su hijo un beso en la frente. Este sonrió y pataleó antes de tomar un minúsculo trozo de pollo.

Vance miró a su alrededor. Los uniformes de los camareros tenían estampados de animales: cebras, leones, tigres. En la zona de juegos, los empleados iban directamente disfrazados de animales salvajes y los niños los tenían completamente acosados. Vance no podía imaginarse un trabajo peor.

Pero estaba allí con Charlie y estaba contento y relajado, así que decidió disfrutar al máximo de la situación. Mientras esta tuviese la guardia bajada, le sacaría la mayor cantidad de información posible. Y cuando terminase la noche, sabría si era su enemiga... o una amante en potencia.

Capítulo Seis

Vance se inclinó hacia ella para no tener que gritar.

–¿Qué te ha parecido la subasta de hoy?

Ella lo miró, tenía los ojos azules brillantes.

–Increíble. Siempre lo son, pero la de hoy mucho más, con la colección de joyas reales. Ha sido maravilloso, aterrador.

–¿Aterrador?

–¿Sabes por cuánto dinero se ha vendido el collar? –le preguntó, sacudiendo la cabeza y echándose a reír–. Me aterraba la idea de que se me cayese o de doblar el cordón de oro o de que se desprendiese una piedra o algo así…

–Qué imaginación –comentó él, haciendo una mueca.

–No lo sabes bien. Seguro que vuelvo loco a Jake. Si se resfría, enseguida pienso que puede tener una neumonía, después paso a pensar en un trasplante de pulmón o algo similar.

Hizo una pausa, tomó aire y añadió muy seria:

–Ahora que ya sabes que estoy loca, puedes salir corriendo si quieres.

–No me voy a ir a ninguna parte.

–No, ¿verdad? –dijo ella, ladeando la cabeza–. Me pregunto por qué.

Una cascada de pelo rubio le cayó por el hombro como un rayo de sol.

Vance también se hacía la misma pregunta. Charlie no era el tipo de mujer que solía atraerle, pero lo cierto era que lo fascinaba.

–En fin –dijo ella, volviendo a la pregunta inicial–. Que me encantan las subastas. Son muy emocionantes.

Vance asintió.

–Estoy completamente de acuerdo. Mi padre me llevó por primera vez a una subasta cuando tenía diez años. Eran todo objetos relacionados con el deporte: cartas de béisbol, un guante, un bate, esas cosas.

Ella le sonrió, como para alentarlo en silencio a que continuase hablando.

Así que lo hizo.

–Incluso con diez años, sentí esa emoción de la que hablas. Ver que esas cosas del pasado tenían otra oportunidad de ser apreciadas…

–Exacto –dijo Charlie, alargando la mano y golpeando la de él en un gesto solidario–. Como las joyas de hoy. Justin dice que lo más probable era que la colección iba a quedarse guardada en alguna caja fuerte de Cadria. El caso es que hoy las joyas han vuelto a salir a la luz. Han vuelto a ser admiradas. Y volverán a ser utilizadas. Volverán a brillar.

Charlie suspiró.

–Te han gustado, ¿verdad?

–¿Y a qué mujer no? En especial, el collar. Pero no solo por las joyas en sí, sino también por su historia. Era un regalo de un rey a su reina que le prometía un matrimonio feliz –comentó, sacudiendo la cabeza–. Increíble.

Detrás de él, un niño de unos tres años gritaba que quería helado.

Vance se acercó a Charlie y, mirándola a los ojos, le preguntó en voz baja:

–¿Cómo te empezaste a interesar por las subastas?

La camarera les llevó los cafés y un plato pequeño de fruta. Charlie empezó a hablar mientras cortaba la fruta en trozos todavía más pequeños para su hijo.

–En la universidad fui a varias subastas con amigas –le dijo–. Nada que ver con las de Waverly's, por supuesto. Eran más subastas de campo en las que se vendían cajas llenas de cosas misteriosas o maquinaria agrícola, muebles y antigüedades. Era emocionante, ver a la gente soñando con encontrar algo especial, o tal vez con comprar un cuadro por un dólar y descubrir que era una gran obra de arte…

Vance se echó a reír.

Charlie se encogió de hombros y continuó:

–Me gustaba todo: el subastador, la gente, el momento de las apuestas. Todo. Así que cuando mi abuela falleció…

–¿Tu abuela?

Ella se interrumpió y Vance vio duda en sus ojos y eso le hizo sentir curiosidad.

–Me crié con mi abuela –le dijo ella–. El caso es que cuando murió, hice las maletas y vine a Nueva York. Hace dos años, conseguí un trabajo en Waverly's. Empecé en recursos humanos, pero después he conseguido prosperar y ahora soy la secretaria del jefe.

Vance se echó a reír.

–De uno de los jefes.

–¿Por qué nos has invitado a cenar? –le preguntó Charlie de repente–. No creo que haya sido porque te apetecía cenar en un lugar lleno de niños.

Charlie miró más allá de su hombro y dijo:

–Vaya.

Vance sintió que alguien lo observaba y se giró despacio. El niño de tres años estaba allí, observándolo, él lo miró fijamente y el niño le sacó la lengua.

Charlie se echó a reír.

–¡Trevor! –dijo la madre del pequeño, obligándolo a sentarse bien–. Lo siento.

Sacudiendo la cabeza, Vance se giró hacia Charlie.

–Es evidente que la mirada del malvado jefe no funciona con los niños –murmuró–. Tú estás disfrutando con esto, ¿verdad?

–¿Estaría mal que lo admitiese?

–Sí.

—En ese caso, no, no estoy disfrutando nada. Es horrible verte sufrir tanto.

Él sonrió. No recordaba la última vez que alguien le había tomado el pelo. Normalmente la gente, las mujeres, se comportaban con cautela cuando estaban con él. Hablaban en voz baja y se movían despacio, como si tuviesen miedo de que les estallase una granada. Charlie, no. Y a pesar de no querer volver a aquel lugar nunca jamás, lo estaba pasando bien.

Y eso no se lo había esperado. Solo había pensado en cómo hacerla hablar. En sonsacarle sus secretos, si los tenía, pero por el momento no lo había conseguido. Así que tendría que pasar más tiempo con ella.

Cosa que no le planteaba ningún problema.

Cuando su hijo se frotó los ojos con los pequeños puños, Charlie dijo:

—Tengo que llevarlo a la cama.

—Si no son ni las ocho.

—Los niños se acuestan más temprano que los adultos —le explicó ella.

—Ah, claro.

Vance pensó que era un idiota. Pidió la cuenta y la pagó mientras Charlie le limpiaba la cara a su hijo y luego se levantaron para marcharse.

Charlie tomó a Jake en brazos, pero el niño alargó los regordetes brazos hacia Vance.

Este lo miró fijamente unos segundos. Tenía el pelo prácticamente de punta y la camiseta con manchas de comida. Sus ojos azules estaban clavados en él como si fuese Papá Noel y el Ratoncito Pérez en uno. Vance nunca había tratado mucho con niños ni había echado de menos la experiencia. Hasta esa noche, habría dicho que los niños no le interesaban lo más mínimo.

Pero aquel le parecía… diferente. Sin duda, más tranquilo que los demás. Era más pequeño, más dulce y tenía un hoyuelo en la mejilla izquierda, igual que su madre.

–Jake… –dijo Charlie, tan sorprendida como Vance por el gesto de su hijo.

Vance tomó al niño y lo apretó contra su pecho mientras se dirigía a la puerta.

El bebé apoyó la cabeza en su hombro y, muy a su pesar, Vance sintió que se derretía por dentro.

–¡No puedo creer que me haya tenido que enterar de esto por Justin! ¿Has vuelto a perder el teléfono?

–No –respondió Charlie riendo–. Hace casi dos años que no lo pierdo, gracias. E iba a contártelo, pero…

–¿Estabas demasiado ocupada saliendo con tu jefe?

Charlie tuvo la sensación de que la expresión de asombro de Katie era reflejo de la suya propia. Había sobrevivido a la noche anterior y todavía no se había recuperado. Después de la cena, Vance había parado un taxi para llevarlos a casa y, sorprendentemente, los había acompañado hasta allí.

Jake se había quedado dormido por el camino, acurrucado contra el pecho de este. Charlie se había ofrecido a llevarlo ella, pero Vance le había dicho que no y, por un momento o dos, Charlie había sentido envidia de su hijo.

Ir con Vance en el taxi había sido… agradable. Habían charlado hasta llegar al pequeño apartamento en el que vivía. Allí, Vance la había acompañado hasta la puerta, le había dado a Jake y se había despedido.

–No puedo creerlo –comentó Katie en voz baja–. Todo el edificio está hablando de ello.

–Gracias a Justin –dijo Charlie suspirando.

–Aunque este no lo hubiese contado, no habrías podido guardar el secreto mucho tiempo. Ya lo sabes.

–Supongo que no –admitió ella, frunciendo el ceño–. A Vance le da igual que lo sepa todo el mundo.

–¿Vance? –repitió Katie sorprendida–. ¿Lo llamas Vance?

–Señor Waverly era demasiado formal para una cita.

Su amiga sacudió la cabeza, maravillada.

–Una cita. Con tu jefe.

–¿Vas a asimilarlo ya?

–Creo que no –admitió Katie–. ¿Te ha besado?

–No.

–Pues qué asco –comentó Katie frunciendo el ceño–. ¿Y cómo es que no me lo has contado?

Charlie sacudió la cabeza y sonrió a su amiga. Katie vivía en el apartamento que había encima del suyo y casi todas las mañanas iban a trabajar juntas en el metro.

–Anoche no estabas en casa y esta mañana has venido a trabajar temprano, así que no hemos podido hablar en el tren.

–Es verdad. Qué fuerte. Has salido con tu jefe. Y con mi jefe.

–Yo creo que Vance solo pretendía ser amable.

–Ya, claro. Os llevó a cenar y después os acompañó a casa solo porque quería ser amable.

Con el ceño fruncido, Charlie le dio un sorbo a su té con hielo y estudió a las personas que pasaban por la Quinta Avenida. A menudo, compraban algo de comer y se sentaban en un banco a ver pasar a la gente. A pesar del calor, era muy agradable salir un rato de la oficina.

En especial en esos momentos, en los que Charlie estaba haciendo todo lo posible por evitar a su extorsionador. Había recibido otra amenaza esa misma mañana.

Se le estaba acabando el tiempo y seguía sin saber qué hacer. No podía enviarle los archivos. Ni tampoco podía quedarse sin hacer nada. Podía perder su trabajo, y a su hijo. Era un círculo vicioso del que no sabía cómo salir.

–Katie –dijo de repente, mirando a su amiga–. ¿Has oído últimamente algo acerca de Rothschild?

–¿A qué te refieres?

–Lo que sea.

Katie se encogió de hombros.

–He oído hablar a varias personas acerca del artículo del periódico. Ya sabes, sobre la señorita Richardson y Dalton Rothschild. De si están juntos o no, pero ¿a quién le importa?

–No tiene buena pinta.

–Es verdad, pero la señorita Richardson siempre ha sido fiel a Waverly's. No pondría en riesgo la casa de subastas –dijo Katie–. ¿O sí?

El problema era que Charlie no estaba segura. Y, al parecer, Vance tampoco, si no, no le habría pedido a ella que mantuviese los oídos abiertos. No era una coincidencia que hubiesen publicado aquel artículo el mismo día que a ella le había llegado el primer mensaje de amenaza.

–No te lo tomes de manera personal –le aconsejó Katie–. Las grandes empresas siempre tienen ese tipo de problemas. Lo solucionarán.

–¿A ti no te preocupa?

–Lo único que me preocupa es terminar la auditoría de los libros del último trimestre antes de que mi jefe se enfade.

Charlie forzó una sonrisa.

–Tengo que volver al trabajo –le dijo su amiga, después de mirar su teléfono por última vez–. Nos veremos en el metro, salvo que te hagan una oferta mejor.

–No creo –dijo Charlie–. Hasta luego.

Todavía le quedaban veinte minutos de descanso y no tenía prisa por volver a sentarse delante del ordenador, así que se terminó tranquilamente el té. Después iría a ver a Jake a la guardería.

–¿Esperas a alguien? –le preguntó Vance a sus espaldas.

–¿Me estabas observando? –dijo ella, girándose a mirarlo.

–Más bien, te estaba admirando –respondió él, sentándose a su lado en el banco de piedra.

Charlie sacudió la cabeza. Había visto tantas caras diferentes de Vance en la última semana que no terminaba de encajarlas todas. Era despiadado en los negocios, no toleraba la estupidez en el trabajo y era cariñoso con su hijo. Reía cuando ella le gastaba alguna broma y la hacía arder por dentro con sus miradas. Y en esos momentos estaba sentado en un banco de piedra, al sol, como si tuviese todo el tiempo del mundo, cuando ella sabía que era adicto al trabajo.

–He visto que tu amiga se marchaba y he pensado en ocupar su sitio –comentó Vance–. Hace buen día.

–Hace calor.

Él inclinó la cabeza para mirarla.

–Sí, pero es agradable. ¿Qué te pasa, Charlie?

–Nada.

Vance la miró desconfiado:

–Te veo un poco nerviosa.

–Solo estaba pensando.

–¿En qué?

–En muchas cosas.

–¿Quieres ser más precisa?

–La verdad es que no.

No habría sabido por dónde empezar. Además, no podía contarle que la estaban amenazando. Ni tampoco que cuando no pensaba en eso, solo podía pensar en él.

–Tu amiga, ¿trabaja en Waverly's?

–Sí –respondió Charlie, dándole un sorbo a su té–. En contabilidad.

Vance asintió.

–¿Te ha contado algo con respecto a Rothschild?

–No sabe nada –respondió Charlie suspirando–. Y tampoco le preocupa. Piensa que todo se va a arreglar.

Él rio con desgana.

–Ojalá tenga razón, pero lo cierto es que no tengo ni idea de qué se propone Dalton.

–¿La señorita Richardson tampoco te ha contado nada?

–No.

Vance frunció el ceño y miró hacia la Quinta Avenida. Charlie siguió su mirada y pensó en lo extraño que era que el mundo continuase funcionando tan alegremente mientras ella estaba tan tensa.

–Anoche lo pasé muy bien –comentó Vance.

Ella rio con la vista clavada en la calle, porque era mucho más seguro que mirarlo a él.

–No es verdad.

Él la agarró de la barbilla y la obligó a mirarlo. Luego le sonrió y el brillo de sus ojos hizo que a Charlie se le cortase la respiración.

–Sí lo es. No es que esté deseando volver a esa cafetería, pero me lo pasé bien contigo.

Charlie pensó que le sería muy fácil enamorarse de él cuando era así. Era el hombre más peligroso que había conocido.

–Vance, ¿qué estás haciendo?

–¿A qué te refieres?

Ella cambió de postura y lo miró a los ojos.

–A esto. Conmigo. ¿Por qué estás siendo… amable?

Él arqueó una ceja. Charlie ya se había fijado en que hacía eso cuando algo lo sorprendía.

–¿Tengo que tener algún motivo para ser amable?

–Es sólo… –Charlie inspiró, espiró–. Que estás actuando como si te interesase y no entiendo por qué. Ni sé qué es lo que esperas de mí.

Él tomó su mano un segundo o dos, el tiempo suficiente para que a Charlie se le acelerase el corazón. Entonces, Vance se la apretó y la soltó.

–Me gustas. ¿Tan raro te parece?

–Supongo que no –dijo ella, aunque en realidad pensaba todo lo contrario.

Era raro. Ella era su secretaria. No era rica. Tenía un hijo. Y no era el tipo de mujer con el que Vance solía salir. ¿Por qué se estaba acercando a ella?

–Bien –dijo Vance levantándose y mirándose el reloj–. La hora de la comida se ha terminado y he oído que tu jefe es muy estricto con los horarios.

–Sí –dijo ella, levantándose también–. No te imaginas lo que cuentan de él.

Vance se detuvo de repente.

–¿Qué cuentan?

–Muchas cosas, pero a mí no me gusta cotillear.

–Lo tendré en cuenta.

Charlie tuvo la sensación de que había algo, algo más que no se estaban diciendo. Había atracción, pero eso no era todo. En cualquier caso, Vance confiaba en ella y no podía traicionarlo, pero, al mismo tiempo, la estaban amenazando con quitarle a su hijo.

De repente, sintió ganas de contárselo todo. De pedirle ayuda, pero tuvo miedo de lo que Vance podría pensar. De lo que podría hacer. Charlie no podía perder su trabajo. No podía perder a su hijo.

Así que, en su lugar, confundida e indecisa, decidió que lo mejor era perder la cabeza.

–Te veré en el despacho –le dijo a Vance, tirando su vaso de té en una papelera.

Ambos echaron a andar entre la multitud, pero separados. Y Charlie sintió cómo Vance la seguía con la mirada.

–Esto está empezando a convertirse en un hábito –dijo Charlie al abrir la puerta de casa y encontrarse a Vance tres noches después.

Él le sonrió e hizo que le diese un vuelco el corazón. Era un hombre… irresistible. Estaba sexy incluso vestido con vaqueros, una camisa de manga corta roja y botas.

Después de la noche en la que la había acompañado a casa en taxi después de cenar, había vuelto a ir a su casa todas las noches y ambos habían salido a dar un paseo con Jake.

Y Charlie estaba empezando a acostumbrarse a ello.

Vance se apoyó en el marco de la puerta y sonrió.

–¿Te estás quejando? –le preguntó, dándose la media vuelta–. Porque podría marcharme…

–No –le dijo Charlie enseguida. Sin saber lo que había en realidad entre su jefe y ella, pero encantada con ello–. No me quejo.

–Bien –le respondió Vance mirándola a los ojos antes de agacharse hasta donde estaba Jake, sentado en su sillita–. ¿Adónde vamos hoy, Jake?

El niño gritó contento.

–¡Ba! ¡Ba!

Vance miró a Charlie.

–Dice que a dar un paseo al parque.

–Pues vamos –respondió ella riendo.

Vance sacó la sillita y bajó con ella el pequeño tramo de escaleras que llevaba a la calle. Charlie cerró la puerta con llave y se detuvo a mirar un instante la calle. Le encantaba aquel lugar.

Su edificio había sido una gran mansión de estilo Tudor que después se había convertido en un edificio de cuatro apartamentos. Ella vivía en la planta baja y su amiga, Katie, en la primera. En condiciones normales, Charlie no habría podido permitirse vivir en un barrio así, pero la dueña era una señora mayor que se había marchado a vivir a Inglaterra y que sentía debilidad por los niños, así que le había hecho muy buen precio.

Las calles de Forest Hills, en Queens, eran estrechas y estaban bordeadas de árboles. Los vecinos eran tranquilos, pero amables, y se podía llegar hasta Manhattan en tren. No obstante, allí Charlie tenía la sensación de estar viviendo otra vez en un pueblo. Era el lugar adecuado para criar a Jake. Miró a Vance, que le sonreía a su hijo, y pensó que, en esos momentos, todo era perfecto.

—¿Adónde vais, chicos? —preguntó una voz de mujer.

Charlie suspiró, se giró y levantó la cabeza. Katie estaba asomada a la ventana, sonriéndoles. Seguro que había estado allí esperando a que apareciese Vance. A Charlie no le extrañó, era tan insólito, tan fuera de lo normal…

—Al parque —respondió Vance, recogiendo el muñeco que Jake había tirado al suelo.

—Pasadlo bien —dijo Katie.

Después le guiñó un ojo a Charlie, que supo que su amiga bajaría a verla a casa un rato después.

—No sé si eres consciente de que Katie le ha contado a todo el mundo en Waverly's que vienes a verme por las noches.

Vance se encogió de hombros.

—¿Te importa?

Charlie pensó que debería importarle. Era

probable que aquello fuese un enorme error, pero lo miraba a los ojos y no podía arrepentirse. Todas las tardes, cuando empezaba a oscurecer, Vance aparecía en su casa para pasar algo de tiempo con Jake y con ella. Y todas las tardes Charlie se decía que no debía esperarlo, pero lo hacía de todos modos y, cuando lo veía, su corazón se implicaba un poquito más. ¿Cómo no? Vance se portaba tan bien con Jake. Y era tan divertido charlar con él. Y cuando la agarraba de la mano, hacía que se sintiese... apreciada.

Qué tontería.

–No, no me importa –le respondió con firmeza.

–Bien –dijo él sonriendo–. Vamos.

Fueron caminando hacia el Este y el paisaje cambió. Por bonita que fuese la calle de Charlie y por mucho que a ella le gustase, siempre sentía un poco de... no era envidia, exactamente, pero sí anhelo al pasearse por el barrio de Forest Hills Gardens. Este estaba lleno de impresionantes mansiones cuyos jardines parecían bosques privados.

–No había estado en este barrio desde que era niño –comentó Vance.

–¿Vivías aquí? –preguntó ella, que no se imaginaba un lugar mejor para vivir.

Casi podía imaginarse a Jake creciendo por aquellas calles, montando en bicicleta, subiéndose a sus majestuosos árboles. Sabía que aquel sueño jamás se haría realidad, pero ¿qué sentido tenía soñar con algo alcanzable?

–No, yo no, un amigo de mi padre –respondió Vance–. Veníamos mucho a verlo. Es un lugar muy bonito, ¿verdad? Y está muy cerca de Manhattan.

–Es perfecto –admitió Charlie suspirando.

–¿Sí? –preguntó él, dejando de empujar la sillita para detenerse a mirarla–. Si tuvieses que elegir, ¿qué casa comprarías?

Ella respiró profundamente y sonrió.

–No sería fácil elegir, pero tengo mi favorita –le confesó–. Ven. Está un poco más adelante.

Anduvo otra media manzana y se detuvo.

–Esa es mi casa –añadió, encogiéndose de hombros–. Aunque sus dueños no lo saben.

Era de estilo inglés. Tenía tres pisos con tejados inclinados y contraventas rojas. El porche estaba salpicado de flores rosas y amarillas y las puertas de entrada eran arqueadas. Parecía el castillo de un cuento de hadas.

–Preciosa –comentó Vance.

–Sí que lo es –dijo ella, girándose a mirarlo. Entonces se dio cuenta de que la estaba mirando a ella, no a la casa–. Solo le falta un columpio en el porche.

–¿Te gustaría tener un columpio?

–Sí. Estaría muy bien –afirmó Charlie, volviendo a mirar la casa–. Sentarse fuera, a disfrutar de la puesta de sol, a saludar a los vecinos…

Volvió a mirarlo.

Corría un viento suave. A lo lejos se oía el ruido de un balón botando, los ladridos de un perro. Estaba anocheciendo y Jake estaba en su sillita, riendo y hablando solo.

Era un momento perfecto.

Vance se inclinó hacia ella. Charlie se puso de puntillas, bajó la vista de sus ojos a sus labios, volvió a subirla. Tenía el corazón acelerado y el mundo parecía haberse detenido a su alrededor.

Los labios de Vance estaban a punto de tocarla cuando Jake tiró su peluche al suelo y gritó, rompiendo la magia del momento.

Charlie se sintió aliviada.

Una cosa era coquetear y otra, hacer una tontería con un hombre que jamás sería suyo.

Recogió el juguete de su hijo y se lo dio.

–Deberíamos volver a casa –le dijo a Vance.

–Supongo que se está haciendo tarde –comentó él en un murmullo.

Ella lo miró de reojo. Ya era demasiado tarde. Quisiese admitirlo o no, su corazón ya se había implicado.

Una semana después, Vance estaba completamente de los nervios. La única persona con la que no había saltado era Charlie. Una ironía, teniendo en cuenta que era la culpable de su tensión.

Aquella mujer le estaba calando hondo, y eso no lo había planeado. Cada día que pasaba con ella, lo atraía más.

Y eso, a pesar de que estaba seguro de que le estaba ocultando algo. Habían pasado juntos casi todas las noches, aunque no en la cama, sino cenando, paseando o charlando en su pequeño apartamento de Queens.

¡Iba a Queens a verla! ¿Qué sería lo siguiente?

Charlie estaba nerviosa. Cada día más. Miraba el correo como si le diese miedo lo que pudiese encontrar. Se sobresaltaba cuando lo veía entrar y el día anterior uno de los guardias de seguridad le había informado de que Charlie había estado en el cuarto de los archivos, donde se guardaban los documentos antiguos. ¿Para qué habría bajado allí? ¿Y por qué no se lo había dicho? ¿Qué estaba ocultando?

Su instinto le decía que allí pasaba algo, pero había una parte de su anatomía a la que no le importaba. Su mente estaba en medio.

Cuando sonó el intercomunicador, Vance golpeó el botón, descargando su frustración en él.

—Por Dios —dijo Charlie—. Me vas a matar.

Él se frotó el rostro y sacudió la cabeza mientras sonreía. Charlie no había tardado en bromear con él también en el trabajo.

—Lo siento. Tengo muchas cosas en la cabeza. ¿Qué pasa?

–Tengo a seguridad en la línea dos –dijo ella casi sin aliento.

–Bien. Pásame la llamada –dijo, apretando otro botón en su teléfono–. Waverly al habla.

–Señor Waverly, soy Carl, de seguridad. Nos pidió que le informásemos si ocurría algo fuera de lo común.

–¿Sí?

–Desde el departamento de informática nos han alertado de que alguien de su despacho ha intentado acceder a archivos protegidos esta mañana. Y no ha sido desde su ordenador.

Esa mañana él había tenido una reunión con un posible cliente. Y Charlie se había quedado sola.

–¿Qué archivos? –preguntó él, mirando hacia la puerta cerrada que lo separaba de Charlie.

¿Estaría preocupada, sabiendo que estaba hablando con seguridad?

–Al parecer –le informó Carl–, eran archivos sobre subastas pasadas. Nada importante. De todas maneras, han puesto un cortafuegos nuevo para que todo esté seguro. ¿Quiere que hagamos algo?

–No –respondió él, enfadado.

Tenía que ocuparse del asunto personalmente. Miraría a Charlie a los ojos cuando le preguntase, para ver si era sincera. La conocía lo suficientemente bien para saber que sus expresiones siempre la delataban. Y podía no haber sido ella. Era posible que, mientras ella estaba en otra parte del edificio, alguien hubiese utilizado su ordenador para incriminarla.

No iba a dar por hecho que era culpable.

Todavía no. Aun así, aquello no le gustaba nada. No le gustaba pensar que Charlie podía ser una traidora.

–Yo me ocuparé de ello –le respondió a Carl antes de colgar.

Solo tenía que decidir cómo hacerlo.

Capítulo Siete

Charlie odiaba aquello. Odiaba estar siempre tan nerviosa. Odiaba la sensación de culpabilidad que tenía últimamente.

Vance estaba siendo muy amable con ella. Y ella le estaba mintiendo. Le mentía cada vez que hablaba con él. Su abuela siempre le había dicho que saber algo y no contarlo era mentir. Y tenía razón. Charlie sabía algo y no se lo había contado porque necesitaba protegerse. Y proteger a su hijo.

Lo que la convertía en una mentirosa.

Y, en esos momentos, Vance estaba hablando con el departamento de seguridad. ¿Acerca de ella? ¿Habrían descubierto algo? ¿La estaría observando alguien más, además de su extorsionador?

Abrió su correo y dio a responder al último mensaje de amenaza que había recibido esa misma mañana. Nada más llegarle, había intentado abrir algunos archivos antiguos, pero enseguida lo había cerrado todo. No podía hacerlo. No podía hacerle aquello ni a Waverly's ni a Vance.

Redactó un breve mensaje en el que pedía

más tiempo a quien la estaba amenazando. Lo envió a pesar de saber que no iba a servirle de nada.

Aquello no se terminaría hasta que traicionase a Vance y a Waverly's, o hasta que tomase a Jake y saliese corriendo de allí.

¿Pero adónde podía ir? No tenía familia. A nadie. Y tenía algunos ahorros, pero no eran suficientes para establecerse en otro sitio. Sintió miedo.

Vio que la luz de la línea dos se apagaba y se estremeció. Vance había terminado de hablar. ¿Qué sería lo siguiente? ¿La detendrían? ¿La despedirían?

—Abuela, ojalá estuvieses todavía aquí. Iría a casa corriendo...

Sintió vergüenza al susurrar aquello. Huir no era la solución y ella lo sabía. Tenía que hacer frente a aquello. Tenía que contarle a Vance la verdad y esperar que la creyese cuando le jurase que jamás habría vendido o traicionado a Waverly's.

Seguía teniendo miedo, pero al menos había tomado una decisión. Sabía lo que tenía que hacer, solo necesitaba el valor necesario para hacerlo. Porque sabía que en cuanto le hablase a Vance de su pasado, este no querría volver a tener nada que ver con ella. Y lo echaría de menos, pero lo primero...

Lo llamó a través del intercomunicador.

—¿Sí? —gruñó él.

–Vance, voy a hacer un descanso. Volveré en quince minutos.

–De acuerdo.

Parecía más inflexible y despiadado que nunca y Charlie volvió a preguntarse cómo era posible que, siendo así en los negocios, fuese tan diferente cuando estaban los dos solos. Fue hacia el ascensor. Antes de hablar con Vance, necesitaba pasar unos minutos con su hijo.

Al llegar a la cuarta planta, Jake estaba dormido.

Charlie entró en la habitación, se acercó a su cuna, la única que estaba ocupada, y lo miró. Estaba tumbado de lado, pero lo tomó en brazos y lo apretó contra su pecho. Se sentó en una mecedora y lo miró con los ojos llenos de lágrimas. Estaban los dos solos en la habitación y el calor del niño la reconfortó. Le acarició el pelo y se inclinó para darle un beso en la frente.

–Lo siento, cariño –le susurró–. Lo he intentado, de verdad. He querido dártelo todo y ahora no sé qué hacer.

El niño siguió durmiendo y ella disfrutó del momento. Ocurriese lo que ocurriese, tenía a Jake. Y no le defraudaría. Le daría un hogar seguro en el que crecer.

–Lo arreglaré. Todo irá bien –añadió, sin saber si pretendía tranquilizar al pequeño o a ella misma.

Las lágrimas le corrieron por las mejillas y ella lo permitió. Allí, en la oscuridad, nadie podía verlo.

—¿Por qué lloras?

Charlie dejó de mecerse y levantó la vista. Vance Waverly la miraba fijamente desde la puerta. Alto, guapo y, en esos momentos, furioso.

—Por nada —respondió, ¿qué otra cosa podía decir?

—Estás sentada sola, con tu hijo dormido en los brazos, en la oscuridad y llorando. Tiene que pasarte algo. Tengo que hacerte una pregunta, Charlie: ¿eres una espía?

—No soy una espía —respondió ella sin dejar de llorar, e intentando limpiarse las lágrimas al ver que Vance avanzaba hacia ella.

Pensó que no iba a tener la oportunidad de confesar. Había sido él el que la había buscado y la estaba mirando como si no la conociese. Era la realidad, no la conocía.

—¿Qué está pasando, Charlie? —le preguntó Vance mirándola fijamente a los ojos—. ¿Qué es lo que me estás ocultando?

—Lo creas o no, iba a contártelo —dijo ella en voz baja—. Solo necesitaba ver a mi hijo antes. Como para centrarme, luego, iba a ir a hablar contigo.

Vance asintió.

—Te creo, pero ahora estoy aquí. Puedes hablar conmigo.

Ella sacudió la cabeza.

–No sé por dónde empezar.

–¿Por qué no dejas a Jake y vamos a dar un paseo?

Ella suspiró. Había llegado la hora de la verdad. Por extraño que pareciese, el nudo que se le había colocado en el estómago dos semanas antes empezó a deshacerse. No era fácil vivir con mentiras. Decir la verdad tampoco lo sería, pero, al menos, podría volver a respirar.

Se levantó, dejó a Jake en la cuna y, luego, miró a Vance.

–Es una larga historia.

Fueron a Central Park, que estaba lleno de locales y turistas en aquel día de verano, y lo suficientemente lejos de Waverly's como para que lo que dijesen pudiese quedar entre ambos.

Vance compró un par de botellas de agua y se sentaron en un banco, debajo de un viejo sauce.

Vance la había seguido sin saber lo que iba a encontrarse. En cualquier caso, lo último que se había esperado era encontrársela llorando, con su hijo en brazos.

Como jefe, tenía dudas. Como hombre que… se interesaba por ella, estaba preocupado.

–Empieza a hablar –le pidió, al verla en silencio–. Cuéntamelo todo.

Ella rio, abrió la botella y dio un trago. Volvió a taparla y clavó la vista en el parque. Había dos mujeres con sillitas de bebé que charlaban y reían. Un joven le tiraba un disco a un perro y, a lo lejos, sonaba una sirena.

–Ni siquiera sé por dónde empezar –admitió.

–Entonces, empieza por contarme si has intentado acceder a los archivos de Waverly's esta mañana.

Ella abrió mucho los ojos, sorprendida.

–Oh.

–Supongo que es un sí –murmuró él, bebiendo también agua–. Me han llamado de seguridad para decírmelo, pero tenía la esperanza de que no hubieses sido tú.

Vance se maldijo. Habría estado dispuesto a apostar dinero por su inocencia. No le gustaba la sensación de haber sido engañado. ¿Tan buena actriz era? La miró fijamente mientras intentaba encajar aquella información con la mujer a la que había conocido durante las últimas semanas y no fue capaz.

No obstante, la había visto llorar con su hijo, en la oscuridad, sin saber que él estaba allí. Aquellas habían sido lágrimas reales.

–No he podido hacerlo –dijo Charlie, después de un largo y prolongado silencio–. Lo he intentado. Estuve en el cuarto de archivos, pero no pude. No podía robar a Waverly's ni robarte a ti.

–Me alegra oírlo –le respondió Vance con toda sinceridad.

Sus sospechas empezaban a desaparecer. Un ladrón de verdad no habría cambiado de opinión. No obstante, seguía sintiéndose frustrado.

–Pero, ¿podrías decirme por qué lo has intentado? –le preguntó, enfadado–. ¿Por qué estás tan nerviosa? ¿Tan preocupada, que estabas pensando en robar a pesar de no querer hacerlo?

Charlie empezó a hablar y las palabras le salieron a borbotones, como si hubiesen estado contenidas durante demasiado tiempo y no pudiesen esperar más a salir. Vance la escuchó sin interrumpirla, pero haciendo un enorme esfuerzo.

Cuando terminó, se levantó y se puso a andar de un lugar a otro.

–Estás enfadado –le dijo ella.

–Sí –respondió él, tirando con todas sus fuerzas la botella de agua a una papelera cercana–. Muy enfadado.

–No iba a hacerlo –le dijo ella, levantándose y agarrándolo del brazo para que la mirase–. Tienes que saberlo. No iba a vender a Waverly's. Jamás le haría eso a la casa. Ni a ti.

–¿Piensas que es por eso por lo que estoy enfadado?

—¿Por qué si no?

Vance la miró a los ojos, que estaban muy tristes, y se enfadó todavía más.

—Dios mío, debes de pensar que soy un cretino.

—No —respondió ella.

—Entonces, ¿por qué no me lo has contado antes? Te han estado amenazando y no me has dicho nada. ¿Por qué no?

—Porque era mi problema —le aseguró Charlie.

—Eso no es una respuesta, Charlie —insistió él—. Llevas dos semanas asustada y no me has dicho nada.

—¿Qué querías que te dijese? —argumentó ella—. Si te hubiese contado que me estaban chantajeando, ¿qué habrías hecho tú? Habrías dado por hecho que era yo la que iba a traicionarte.

—Estupendo, gracias. Me alegra saber la opinión que tienes de mí.

Sorprendida, Charlie inclinó la cabeza y lo miró.

—¿Me estás diciendo que me habrías creído?

Vance contestó, más sereno:

—Te creo. Te he creído en cuanto me has contado lo que pasaba.

—Ya, pero no sabía que ibas a creerme. Además, no necesitaba tu ayuda. Bueno, sí, pero no quería necesitarla. Ya soy mayorcita. Puedo cuidarme sola, cuidar de Jake y... Dios mío, la que he liado.

—Todos necesitamos ayuda de vez en cuando —le dijo él, empezando a calmarse poco a poco.

Al menos ya sabía lo que estaba ocurriendo. Sabía que estaban amenazándola y podría hacer algo al respecto.

—Tú no —replicó ella.

—Te equivocas. En estos momentos necesito tu ayuda, para darle sentido a todo esto. ¿Estás conmigo?

Ella asintió y bebió más agua.

—Así que alguien a quien no conoces te ha amenazado con quitarte a tu hijo si no robas los archivos de los últimos cinco años, ¿me equivoco?

—El primer correo llegó el día que salió el artículo acerca de la señorita Richardson.

—Es probable que no sea una coincidencia —comentó él.

—Lo mismo pienso yo.

—La cuestión es, ¿por qué piensa esta persona que va a poder quitarte a Jake? —le preguntó Vance—. Eres una buena madre.

—Gracias —respondió Charlie, sonriendo de medio lado.

—No me lo has contado todo, Charlie. Cuéntame el resto. Deja que te ayude.

Ella se tocó el pelo con nerviosismo.

—Ojalá pudieses. Ayudarme, quiero decir,

pero no puedes, Vance. Las cosas son como son. No se pueden cambiar.

–Ponme a prueba –le dijo él con firmeza–. Te sorprenderás.

–Ni siquiera Vance Waverly puede cambiar el pasado.

Él se puso tenso porque sabía que tenía razón.

Si hubiese podido cambiar el pasado, ya lo habría hecho. Habría salvado a su madre y a su hermana del accidente de tráfico en el que habían muerto. Habría convencido a su padre de que buscase a Roark antes. Sí, habría cambiado muchas cosas, pero el pasado no se podía cambiar.

–Si no me lo cuentas, no te podré ayudar, es evidente –razonó Vance–. ¿Qué vas a perder?

–Mucho –respondió ella en un susurro y se quedó callada.

Luego lo miró y Vance vio muchas emociones encerradas en sus ojos, tantas, que no las podía separar. Fuese lo que fuese lo que le ocultaba, la estaba destrozando. Y no quería verla sufrir.

–¿Qué sabe ese tipo, Charlie? ¿Por qué estás tan desesperada porque no salga a la luz?

Ella tomó aire, lo soltó.

–¿Recuerdas que te conté que me había criado mi abuela?

–¿Sí?

Vance la llevó al banco y volvieron a sentarse.

—No te conté el motivo —continuó, sonriendo un instante, con tristeza—. Cuando tenía cinco años, mi padre robó en una tienda.

La expresión de Charlie era de vergüenza y humillación, pero él no dijo nada. Dejó que siguiese hablando.

—Murió en una persecución policial. Su coche chocó contra un árbol.

—Charlie...

—Mi madre se marchó poco después y nunca volví a verla —continuó, arrancando la etiqueta de la botella de agua con cuidado, como si fuese algo muy importante—. Mi abuela materna se hizo cargo de mí y me crio. Cuando ella falleció, vine aquí y nunca le conté a nadie mi historia.

—Charlie, tiene que haber algo más... Con eso no te pueden chantajear —le dijo Vance.

Ella lo fulminó con la mirada.

—¿No me has oído? Mi padre era un ladrón. Mi madre me abandonó. No crecí precisamente en un buen ambiente.

—Pero tampoco fue culpa tuya. Has dicho que tenías cinco años.

—Eso es fácil decirlo —insistió ella, notando que los ojos se le volvían a llenar de lágrimas—. No sabes lo que es. Todo el pueblo hablaba de nosotros. No lo entiendes. ¿Cómo vas a entenderlo?

–Gracias por tu confianza –murmuró Vance–. ¿Lees de vez en cuando los periódicos? Todo el mundo habla de los Waverly.

–Sí, pobrecito –replicó Charlie en tono sarcástico–. Es horrible que te sigan a todas esas cenas elegantes y te hagan fotografías.

Vance arqueó una ceja.

–Me alegra ver que tienes genio, y sarcasmo.

Ella frunció el ceño.

–Eres la segunda persona a la que le hablo de mí. Pensé que entenderías lo violento que me resulta.

–De eso me he dado cuenta, pero no lo comprendo. Creciste siendo pobre. ¿A quién le importa?

–No lo entiendes.

–Está bien. No lo entiendo. Cuéntame el resto.

–No queda mucho por contar. Estudié y cuando la abuela falleció, me vine a vivir a Nueva York.

–¿Y el padre de Jake?

Ella se levantó del banco.

–De acuerdo. Voy a terminar de humillarme –le dijo , mirándolo a los ojos.

Vance se levantó también.

Ella levantó una mano para que guardase las distancias.

–No seas amable conmigo ahora, ¿de acuerdo?

–Está bien, termina.

–Conocí al padre de Jake justo después de que me contratasen en Waverly's –empezó, tirando la botella a la papelera y cruzándose de brazos–. Se llamaba Blaine Andersen, o eso me dijo.

Vance se limitó a escuchar. Tuvo la sensación de saber cómo iba a terminar aquello, pero no podía decir nada que mejorase la situación.

–Era cariñoso y divertido –continuó Charlie–. Fuimos a pasear al parque y al cine. Me regaló flores. Incluso me regaló una Black-Berry cuando perdí la mía. Me dijo que me quería y...

–Y tú lo querías a él –terminó Vance.

–Eso pensaba. Cuando me enteré de que estaba embarazada, intenté contárselo, pero no di con él. Me sentí como una tonta. Incluso fui al estudio de arquitectura que me había dicho que era de su familia. Nunca habían oído hablar de él.

–Charlie...

–No pasa nada –lo interrumpió ella–. Ya no importa. Tengo a Jake.

Vance sonrió al pensar en el pequeño, que ya había conquistado su corazón. Otra complicación con la que no había contado.

–Es un niño estupendo.

–Sí –dijo ella, sonriendo de verdad por primera vez desde que aquello había empezado.

–¿Eso es todo? ¿Esos son tus oscuros secretos?

–Bueno, no te he hablado de mi adicción a las fresas mojadas en chocolate caliente, pero aparte de eso, sí. Eso es todo.

Suspiró y luego dijo:

–Tengo la sensación de haberme quitado un enorme peso de encima.

–No me sorprende. ¿Por qué no me lo has contado antes, Charlie?

–Porque estoy acostumbrada a cuidarme sola, Vance –le dijo ella, suspirando de nuevo–. Y porque pensé que no me creerías –le confesó.

–Bueno, pues te creo.

Cuando levantó la vista hacia él y Vance vio sus ojos llenos de esperanza, se sintió como un caballero andante, cosa que en realidad no era. La mitad de Manhattan opinaba que era un villano, no un héroe, pero le gustó que Charlie lo mirase así.

–Entonces, ¿no estoy despedida? –le preguntó ella.

–Lo estarás si vuelves a ocultarme algo –dijo él, rodeándola por los hombros y acercándola a su cuerpo–. Charlie, no tienes por qué estar sola en esto.

–No sé hacerlo de otra manera.

–Pues tendrás que aprender –murmuró Vance, abrazándola con fuerza.

Sus cuerpos encajaron como si estuviese

hecha para estar con él. Como si fuese la pieza que le faltaba a su puzle.

Vance cerró los ojos y alejó aquella idea de su mente. Ya sabía cuánto la deseaba, además se sentía mal al saber que había estado aterrorizada, pero eso era todo.

Deseo y comprensión. Nada más. Y lo mejor sería que lo recordase.

–No me gusta que estés asustada –le dijo en tono cariñoso.

–A mí tampoco –respondió ella, levantando la cabeza para mirarlo.

Vance se alegró de que ya no hubiese lágrimas en sus ojos, pero no pudo evitar pensar que estaba demasiado guapa.

La vio ponerse de puntillas e inclinarse hacia él, pero, por mucho que desease aquello, tuvo que evitarlo.

–Charlie, no me debes nada.

–No se trata de deber –le dijo ella, bajando la vista a sus labios–. Sino de desear.

Él la acarició y tomó su rostro con ambas manos. Sonriendo, susurró:

–Desear es algo completamente distinto.

–Demuéstramelo.

Y Vance lo hizo. La besó apasionadamente y deseó quedarse así para siempre, pero no podía hacerlo porque estaban en un lugar público.

A regañadientes, rompió el beso y la vio con la mirada vidriosa y los labios llenos, sonrosados. Tuvo que hacer un enorme esfuerzo para no volver a besarla.

—Vamos a volver al despacho, Charlie, y vas a enseñarme todos los correos que te ha enviado ese tipo.

—De acuerdo —le respondió ella—. Y luego, ¿qué?

—Luego, contraatacaremos.

Capítulo Ocho

–Te ha besado –espetó Katie al ver entrar a Charlie en su despacho y sentarse.

Probablemente no debía haber ido al departamento de contabilidad a ver a Katie, pero en esos momentos Charlie tampoco quería estar sola. Nada más llegar a Waverly's con Vance, Ann Richardson había pedido a este que fuese a verla.

A él no le había hecho gracia la idea, pero había tenido que marcharse antes de que a Charlie le diese tiempo a enseñarle los correos. Antes de que pudiesen decidir qué iban a hacer. Lo que sí había hecho Vance antes de marcharse había sido besarla y decirle que todo se iba a arreglar. Charlie no había querido quedarse sola y había ido a ver a su amiga.

–¿Tienes un radar o algo así? –le preguntó.

–No me hace falta –respondió Katie–. Tienes la mirada perdida y los labios hinchados. Además, estás radiante, así que desembucha.

Katie sonrió con malicia y se frotó las manos.

–Quiero que me lo cuentes todo –continuó–. No te olvides nada.

–Lo he besado yo –dijo Charlie.

–¿De verdad? –preguntó Katie sorprendida. Luego se llevó la mano al pecho y dijo en tono melodramático–: Estoy orgullosa de ti.

–Muy graciosa.

–Venga, no te has interesado por nadie desde…

–Lo sé –la interrumpió Charlie.

Katie sabía la historia del padre de Jake y llevaba dos años animándola a encontrar a alguien. A arriesgarse. Y era evidente que le alegraba que por fin lo hubiese hecho.

–Estábamos hablando y, de repente… –dijo Charlie, todavía afectada por el beso–. Ni siquiera sé por qué lo he hecho. Ha sido tan amable conmigo durante las últimas dos semanas.

Katie suspiró y apoyó la barbilla entre las manos.

–¿Y él te ha devuelto el beso?

–Ah, sí.

–Entonces, ¿por qué estás dejando poco a poco de sonreír? –le preguntó Katie, cruzándose de brazos–. Hazme el favor de darte un respiro, Charlie. Tienes derecho a besar a un hombre guapo y a disfrutarlo.

–¿De verdad? –dijo ella, levantándose para acercarse a la estrecha ventana que había al lado del escritorio de su amiga–. Soy madre. No estoy sola. Si cometo un error con un hombre, eso afecta a Jake también.

Katie hizo girar su silla.

–¿Y Vance es un error?

Charlie no lo sabía. Si se dejaba llevar por sus sentimientos, no. Vance no era ningún error. Pero si permitía que la realidad penetrase en su mente, la respuesta era que sí. Empezar una relación con Vance Waverly era una locura.

–Así que vas a convencerte a ti misma para no salir con él, ¿verdad? –le preguntó Katie suspirando.

Charlie la miró por encima del hombro.

–Si solo nos hemos dado un beso, Katie. ¿Cómo voy a salir con Vance Waverly?

–Si no estás dispuesta a arriesgarte, jamás conseguirás nada en tu vida, Charlie –le dijo Katie.

–Tengo a Jack –le respondió ella.

–Es cierto –dijo Katie–, pero Jake va a crecer. Tendrá su propia vida y te quedarás sola.

–Creo que todavía faltan unos años para que tenga que pensar en comprarme un gato que me haga compañía.

–En eso tienes razón –admitió su amiga–, pero lo que quiero decirte es que si no empiezas a vivir un poco ahora, cuando pienses que por fin estás preparada será demasiado tarde.

Tal vez Katie tuviese razón. Y tal vez Charlie quería que su amiga tuviese razón. Estaba volviendo a enamorarse. Estaba siendo tan rápido y fuerte como con el padre de Jake.

¿Podía volver a arriesgarse a sufrir? Entonces recordó el beso de Vance y cómo la brisa caliente los había envuelto bajo la sombra de aquel sauce, y se preguntó si podía alejarse de Vance.

Kendra Darling vigilaba el despachó de Ann Richardson cual dragón bien vestido y encantador. Su mirada era afilada tras las gafas de concha y llevaba la melena recogida con un pasador dorado. Sonrió al ver acercarse a Vance. Nadie pasaba por delante de Kendra si no se le esperaba. Ni siquiera un miembro de la junta.

–Señor Waverly –lo saludó–. La señorita Richardson lo está esperando.

–Gracias –le respondió él, pasó por su lado y, antes de entrar en el despacho de Ann, se detuvo un instante.

Kendra llevaba allí varios años. ¿Quién podía conocer sus secretos mejor que ella? Vance descartó la idea. Al fin y al cabo, había sospechado de Charlie y se había equivocado. Kendra era completamente leal a la empresa. Que él supiese, el traidor, si lo había, podía pertenecer a la vieja guardia. Por un momento, intentó imaginarse a George, Simon o a alguna de las señoras enviándole correos amenazadores a Charlie. O robando información para pasársela a Dalton.

–¿Desea algo, señor Waverly? –le preguntó Kendra.

Él la miró a los ojos y negó con la cabeza.

–No, gracias.

Todas aquellas hipótesis le parecían improbables. Llevaría tiempo averiguar quién estaba intentando hundir Waverly's. No sería fácil ni agradable, pero él llegaría al fondo del asunto.

Abrió la puerta y entró.

Ann Richardson había perdido su habitual serenidad y estaba andando de un lado a otro del despacho mientras miraba unos papeles que tenía en las manos. Sonrió al verlo entrar.

–¡Vance! Bien. ¿Has hablado con Roark?

–Hace dos días. ¿Por qué?

–Entonces, no lo sabes. Todavía mejor. Quiero ver tu reacción. A ver si es como la mía.

Vance no tenía tiempo para juegos. Necesitaba volver con Charlie, leer los correos del extorsionador. Besarla de nuevo. Frunció el ceño al pensar aquello y miró a Ann. Se sentía confundido y eso no le gustaba.

–¿De qué me estás hablando, Ann?

–De esto –respondió ella, acercándose a enseñarle los papeles.

Él los tomó y leyó el breve texto antes de estudiar las fotografías.

–¿Es lo que creo que es? –preguntó, mirándola a los ojos.

–Si estás pensando en la colección Rayas,

incluida la estatua del *Corazón dorado* –susurró–, sí, lo es.

–Pero si llevaba desaparecida más de un siglo –murmuró Vance.

–Roark la ha encontrado –le contó Ann sonriendo–. Sinceramente, tu hermano es a veces difícil de tratar y, sobre todo, de encontrar, pero encuentra cosas increíbles para la casa.

Increíble. Eso era haber encontrado aquella obra de arte. Sorprendido, Vance miró la fotografía de la estatua. Cualquiera que supiese de arte conocía la historia de la estatua perdida en Oriente Medio del reino de los Rayas.

Solo había tres y representaban a tres mujeres de sesenta centímetros con el corazón grabado en oro. El pedestal en el que estaba la mujer era de oro macizo y en él había un sello único. Según la leyenda, muchos siglos atrás el rey de los Rayas había encargado tres estatuas que representaban a sus tres hijas, para que estas le diesen suerte en el amor.

Las tres hijas habían sido afortunadas, lo mismo que las generaciones siguientes, mientras las estatuas habían estado en sus palacios. Una de las tres pertenecía a la familia del jeque Raif Khouri, otra seguía adornando el palacio de la familia Rayas. Y, alrededor de un siglo antes, había desaparecido la tercera, que se presumía que había sido robada o vendida por un miembro de la familia. En cualquier caso, sin la estatua en el palacio, aquella rama de la familia había empezado a sufrir desgracias y había terminado desapareciendo, lo que hacía que se tuviese todavía más fe en la leyenda.

Pero no era normal que *Corazón dorado* apareciese de repente. ¿De dónde había salido? ¿Cómo lo había encontrado su hermano? ¿Y por qué no se lo había contado?

Habían hablado dos días antes, y seguro que ya estaba detrás de ella. ¿Por qué no le había dicho nada? Vance frunció el ceño y le preguntó a Ann:

–¿Te ha enviado Roark estas fotografías?

–Han llegado esta mañana por fax –dijo ella, agarrando el papel y mirando la estatua–. Es preciosa. Preciosa. Y es de Waverly's.

Vance examinó las fotografías de otras tres piezas que se subastarían junto a aquella y sonrió satisfecho, orgulloso. Roark lo había conseguido. Se había hecho con unos objetos muy buscados cuando más necesitaba Waverly's recibir buena prensa. Era un regalo. Un regalo que llegaba en el momento oportuno.

–¿Dónde está la estatua? –preguntó.

Ann levantó la vista y parpadeó, como si necesitase un par de segundos antes de responder. Era normal. Las últimas semanas habían sido muy tensas y aquella noticia podía cambiarlo todo. Para Ann y para la casa.

–En una caja fuerte en el extranjero. Sana y salva hasta que pueda traerla a casa. Pero ha comprobado su autenticidad, Vance.

Él asintió.

–Quiero anunciárselo a la prensa –continuó Ann–, pero antes quería escuchar tu opinión. No podemos cometer ningún error. Cuando anunciemos la adquisición de *Corazón dorado*, estaremos poniendo en juego la reputación de Waverly's.

Vance entendió lo que Ann quería decir. Si resultaba que la estatua era una copia o algo todavía peor, la empresa se vendría abajo. Ya tenían muchos problemas y no podían permitirse tener más.

–Sabes tan bien como yo que Roark sabe lo que hace. Nadie en el mundo tiene su instinto ni su conocimiento acerca de antigüedades. Si él dice que es auténtica, lo es.

Ann suspiró aliviada.

–Eso mismo pensaba yo. Solo necesitaba que me lo confirmases. Dios mío, Vance. ¿Te das cuenta de lo que esto va a significar para Waverly's?

–Sí. Es increíble y llega cuando más lo necesitamos.

–Ha sido una época dura, pero esto va a cambiarlo todo –le aseguró ella.

–Estoy seguro, pero ¿por qué ha dejado Roark algo tan valioso en el extranjero? ¿Por qué no lo ha traído a casa directamente?

–No ha tenido tiempo. Después de estar en Oriente Medio, se ha ido al Amazonas para reunirse en secreto con otro de sus contactos. Si se hubiese entretenido en traer a casa el tesoro de los Rayas, habría puesto en peligro su siguiente adquisición –le respondió Ann.

Aun así, a Vance no le gustaba aquello. *Corazón dorado* era una pieza legendaria y dejarla en una caja fuerte, por segura que fuese, era un riesgo.

–¿Cuándo volverá Roark?

–No lo sé –respondió Ann con la mirada clavada en la fotografía que tenía en la mano–. Ha dicho que podía tener algún problema con su última búsqueda.

–¿Qué clase de problema?

–No lo sé.

–¿Y te ha contado qué ha ido a buscar al Amazonas?

–No, tampoco. La verdad es que Roark no nos mantiene lo que se dice informados cuando se va de viaje. Ya lo conoces, Vance. Y tú mismo has admitido que es el mejor en lo suyo –comentó Ann.

–Sí –murmuró él.

–Olvídate de todo lo demás un instante, Vance. ¿No te das cuenta de lo que esto significa para Waverly's? Podríamos vender el *Corazón dorado* hasta por doscientos millones. O más. Y eso, sin tener en cuenta el resto de la colección.

–Lo sé, Ann.

No obstante, Vance no pudo evitar tener una mala sensación. Tal vez fuese porque llevaba dos semanas sin dejar de sospechar de todo. No desconfiaba de la estatua. Como le había dicho a Ann, no tenía ninguna duda acerca de su autenticidad. Si Roark había dado su visto bueno, era porque lo merecía, pero ¿por qué en esos momentos? ¿No era demasiada coincidencia que aquella estatua, que podía sacar a Waverly's del lío en el que estaba, apareciese justo en el momento perfecto?

–No es solo el dinero –continuó diciendo Ann–, sino el hecho de que sea la gran noticia que necesitábamos. Todo el mundo sabrá que Waverly's es la mejor casa de subastas del mundo. Ya verás como Dalton no vuelve a intentar hundirnos.

Vance se preguntó si entre ella y Dalton habría algo más de lo que Ann le estaba contando. Esta lo había negado en la reunión de la junta, pero eso no significaba que hubiese contado la verdad. Mentiría para salvarse, pero ¿sería capaz de vender a la compañía para ello?

Él pensaba que no, pero era evidente que Ann se estaba comportando de manera poco habitual en ella. Su mirada, normalmente fría e impasible, irradiaba una emoción que Vance nunca había visto en ella.

Tal vez Charlie no era la única que había

recibido correos amenazadores. Tal vez Ann también estuviese luchando contra sus propios demonios.

–¿Eso es todo?

Charlie giró la cabeza para mirar a Vance, que estaba agachado detrás de su silla, leyendo los correos de su ordenador. El calor de su cuerpo, tan cerca del de ella, se le estaba subiendo a la cabeza.

Él la miró y debió de leer su expresión, porque su mirada se oscureció y las motas doradas de sus ojos brillaron con más fuerza.

–Si sigues mirándome así, no vamos a poder hacer nada.

–Lo siento –le dijo Charlie, ruborizándose.

«Idiota», se reprendió con firmeza. «Está intentando ayudarte. Lo mínimo que podrías hacer es comportarte de manera coherente».

–Sí, eso es todo. Bueno, falta el correo que he recibido esta mañana.

–¿Otro? –le preguntó Vance–. Ábrelo.

Charlie no había querido enseñárselo, pero era una tontería, después de habérselo contado todo. Aquel correo era más siniestro. Daba más miedo. No quería volver a leerlo, pero lo abrió y su mirada se clavó en las letras.

No voy a esperar más. Dame lo que quiero o perderás a tu hijo. Sé dónde vives. Conozco todos tus se-

cretos. No voy a permitir que sigas jugando conmigo. Contáctame mañana a las cinco de la tarde.

–Hijo de perra –murmuró Vance–. ¿Le has respondido?

–Sí. Justo después de recibirlo. He intentado que me diga quién es pero, por supuesto, no lo he conseguido. Y cuando esta mañana he recibido ese correo, le he respondido pidiéndole más tiempo. No me ha contestado, pero no sé qué hacer. No puedo robar documentos de Waverly's, pero si no se lo digo a lo mejor pierdo a mi hijo…

–No perderás a Jake.

–No puedo arriesgarme –insistió ella, presa del pánico–. Tengo que hacer algo.

Vance asintió con la vista clavada en la pantalla.

–¿Sabe dónde vives?

–Sí, eso parece –dijo Charlie, frotándose los brazos porque, de repente, tenía frío–. Me da miedo pensar que me está observando.

–Bueno, pues eso se ha terminado.

–No sé cómo lo vamos a detener.

–Yo sí –le aseguró Vance–. Jake y tú vais a veniros a vivir conmigo una temporada.

Charlie lo miró fijamente. Su mente le decía que eso era imposible y su cuerpo ya se estaba regodeando solo de pensarlo.

–No puedo hacer eso –le dijo.

–La decisión está tomada.

–¿Perdona? –inquirió ella, poniéndose recta y levantando la barbilla–. No acepto órdenes tuyas… Bueno, sí las acepto porque eres mi jefe, pero no puedes obligarme a ir a tu casa.

Vance suspiró con impaciencia.

–Charlie, ¿quieres que Jake esté a salvo?

–Por supuesto que sí, qué pregunta tan ridícula.

–Entonces, mudaos a mi casa porque ese tipo sabe dónde vivís. Y eso significa que ni Jake ni tú estáis a salvo.

Ella no quería convertirse en la buena obra del año de Vance Waverly. No quería necesitar que un hombre acudiese a su rescate. Pero luego pensó que tampoco no quería volver a casa sola y asustada. Podría quedarse con Katie, pero el apartamento de esta era todavía más pequeño que el suyo y tampoco quería poner a su amiga en peligro.

Miró a Vance a los ojos y vio que estaba muy serio. Se dijo a sí misma que aquello era probablemente un gran error, pero no se le ocurría ninguna razón lógica para decirle que no.

Capítulo Nueve

Vance insistió en que se tomasen la mitad de la tarde libre para llevar las cosas de Charlie y de Jake a su casa.

Nada más ver dónde vivía, Charlie supo que aquello no era buena idea. Solo el salón era más grande que todo su apartamento. Había una pared entera que era una ventana tintada con vistas al río Hudson.

La decoración del salón era exquisita, pero no estaba hecha a prueba de niños. Los sofás eran de cuero negro, el mismo color que las mesas, y las alfombras parecían muy caras. Las lámparas parecían más obras de arte moderno que otra cosa.

—¿Ves? —le dijo él—, hay mucho espacio.

—Aquí cabe un ejército —murmuró ella, siguiéndolo por un pasillo que conducía a tres dormitorios.

Charlie se asomó a la habitación principal y el corazón le dio un vuelco al ver una enorme cama cubierta por una colcha azul oscura y una montaña de cojines apoyados en el cabecero negro.

—Te gusta mucho el negro, ¿no? —comentó.

Él se encogió de hombros.

–Pega con todo. O eso dijo el decorador.

–Ah, el decorador.

Otra cosa que los diferenciaba. Aunque hubiese podido permitirse contratar a un profesional, Charlie jamás habría pagado a nadie para que le amueblase su propia casa. Por ejemplo, en el salón habría puesto sofás más mullidos y alfombras menos caras, pero más suaves, y mesas en las que se pudiesen poner los pies sin miedo a estropearlas. Y habría metido más color: azules, verdes e incluso algún amarillo.

«Para ya. Esta no es tu casa. No vas a quedarte mucho tiempo. Eres solo una invitada, así que sonríe y sé amable», se dijo a sí misma.

Vance abrió la puerta de una habitación de invitados y ella se sintió aliviada al ver que las paredes estaban pintadas de color azul claro, que había unas sillas azules oscuras delante de otra chimenea y una colcha en tonos azules y verdes en la cama. Era tan distinta al resto de la casa que le pareció increíble.

–Es preciosa.

–Pareces sorprendida.

–No la esperaba así –admitió–. Gracias.

–De nada. El baño está aquí –le dijo Vance, conduciéndola hasta un espacio enorme de baldosas color azul cielo, lavabos y bañera blanca y algo parecido a una encimera de teca. La parte del fondo del baño era una ducha en la que había espacio suficiente... «Para cualquier cosa», pensó Charlie sin poder evitarlo.

Al igual que el resto de la casa, era un lugar muy elegante e intimidante.

—Al otro lado del baño hay otra habitación en la que podría dormir Jake. Puedo pedir que me traigan una cuna en una hora.

—No hace falta —le dijo ella, asomándose al tercer dormitorio, también decorado en tonos azules y verdes—. De hecho, no tenías por qué hacer esto, Vance. Jake y yo estaremos bien.

—Por supuesto que sí, pero aquí.

Vance apoyó las manos en sus hombros y ella sintió su calor. Pensó que era un hombre muy seductor y se preguntó cómo había podido parecerle frío y hermético al principio. En las dos últimas semanas le había demostrado más cariño y atención que nadie en su vida.

Y, por si fuese poco, le había abierto las puertas de su casa. ¿Por qué? Ella le había contado su historia. Él sabía que la atracción que había entre ambos no podía durar. ¿Por qué no le había dado todavía la espalda.

¿Tendría pesado acostarse con ella y después despedirla? No. Se negaba a creer eso. Vance Waverly no era de esa clase de hombres. Estaba siendo amable, nada más. Aunque no hubiese sido buena idea mudarse a su casa.

—Ese tipo sabe dónde vives, Charlie —le dijo Vance, como si le hubiese leído la mente y supiese que se estaba arrepintiendo de la decisión que había tomado–. ¿Y si se cansa de mandarte correos electrónicos y decide hacerte una visita? Entonces, ¿qué?

Ella se estremeció solo de pensarlo.

–Lo sé, pero me siento culpable. Has sido tan amable conmigo, Vance...

–Maldita sea, Charlie, no tienes que enfrentarte a esto sola –insistió él, abrazándola–. No estoy siendo amable. Quiero que estés aquí, donde sepa que tanto Jake como tú estáis a salvo. Ya ves que hay espacio. ¿Cuál es el problema?

–Vance, te lo agradezco, de verdad, pero nunca has vivido con un niño y no sé si sabes dónde te estás metiendo.

–Deja que sea yo el que se preocupe por eso, ¿de acuerdo? Déjame ayudarte.

Estaba tenso y le brillaban los ojos, era como si le estuviese pidiendo que se quedase con la mirada. Y a pesar de que Charlie sabía que algún día lo lamentaría, no pudo decirle que no.

–De acuerdo –accedió en voz baja, admitiendo en silencio que no quería estar en ningún otro lugar.

–Bien. Ahora –le dijo él, agarrándola de la mano–, deja tus cosas. Te voy a enseñar el resto.

Vance le enseñó el resto del piso, que era muy bonito y elegante. Ella supo que jamás estaría cómoda allí. Hasta la cocina parecía estar preparada para un cocinero profesional. Era como un piso piloto, diseñado para atraer a los compradores y seducirlos con sus líneas limpias y sus elegantes muebles.

Pero no era acogedor.

De hecho, lo único que le gustaba de él era Vance.

—No tengas miedo de sacar a Jake al jardín. No hay ningún peligro —le estaba diciendo este.

Charlie salió por unas puertas de cristal dobles que había en el salón y dio un grito ahogado al ver semejante oasis. Estaban al menos en un piso treinta y las vistas desde aquella terraza eran increíbles. Había macetas y jardineras llenas de flores, una mesa de cristal y sillas a un lado y varias tumbonas blancas a otro, junto a uno de esos calefactores de exterior portátiles.

—Tampoco te preocupes por el calefactor. Es de gas y no creo que Jake pueda encenderlo.

—Creo que Jake estará mejor dentro —le respondió ella.

Vance se echó a reír.

—Aquí no hay ningún peligro.

—Es una caída muy alta.

—Estamos rodeados por un muro de casi un metro y medio, sobre el cual hay casi dos metros de plexiglás. Es imposible que se caiga.

A ella se le encogió el estómago solo de pensarlo.

–Seguro que no hay ningún peligro, pero, de todos modos, no nos vamos a quedar aquí mucho tiempo.

Vance la agarró de los hombros y la acercó a él. La miró a los ojos y le dijo:

–Deja de hacer eso. Deja de decir que vas a marcharte.

–No lo he hecho –le respondió ella en voz baja, a pesar de que una vocecilla en su interior le advertía que debía marcharse antes de que fuese demasiado tarde, antes de que su corazón se implicase todavía más.

Antes de que hiciese algo estúpido, como enamorarse de Vance Waverly.

–Claro que lo has hecho –la contradijo él riendo–. Mentalmente, has tenido un pie en la puerta desde que has llegado a mi casa, hace diez minutos. Así que para ya, Charlie. Ahora estás aquí. Conmigo. Y no te voy a dejar marchar.

Ella supo que debía discutir aquello, que debía decirle que se marcharía cuando le diese la gana. Que él no tenía ningún derecho a darle órdenes fuera del trabajo.

Pero no lo hizo. En su lugar, se dejó llevar por su corazón y por su cuerpo y, apoyándose en él, le contestó:

–De acuerdo.

Vance sonrió, inclinó la cabeza hacia ella y,

una vez más, Charlie se vio envuelta en aquel torrente de sensaciones que solo aquel hombre le podía causar.

Él la acercó todavía más, pasó las manos por su cuerpo y la acarició hasta hacerla gemir y apretarse contra él. Charlie se sintió tan bien entre sus brazos, con sus caricias.

Vance le enterró los dedos en el pelo, le acarició la nuca. No llevaba puesta la chaqueta del traje, así que Charlie pudo sentir la fuerza de sus hombros bajo la fina tela de la camisa. Y quería sentir todavía más.

El sol brilló sobre ambos. Una suave brisa sacudió las flores, haciendo que su aroma embriagase a Charlie.

–Me siento como si llevase años esperando esto –comentó Vance.

Charlie lo entendió. Ella también tenía la sensación de haber estado esperando sus caricias.

Vance volvió a besarla, como un hombre desesperado por algo que solo podía darle ella. Sus lenguas se entrelazaron en un frenético intercambio de pasión. La desesperación y el deseo avivaron todos sus movimientos, el aire se llenó de suspiros y los segundos se convirtieron en minutos.

A Charlie le latía con tanta rapidez el corazón que casi no podía respirar, pero no le importaba. Lo único que le importaba era la siguiente caricia, el siguiente beso.

De repente, dejó de pensar y todo su cuerpo cobró vida. Aquello era mucho más de lo que había esperado. Mucho más fuerte de lo que había sentido nunca.

–Llevas días volviéndome loco, Chalie –murmuró Vance–. No puedo dejar de pensar en ti.

Ella rio al oír su confesión, se sintió femenina, segura de sí misma. Le desató la corbata y desabrochó el primer botón de su camisa.

–¿Cómo? ¿Qué he hecho?

–Tu pelo –dijo él, soltándoselo y dejando que le cayese sobre los hombros–. Llevo días soñando con ver tu pelo suelto y ha merecido la pena la espera.

–¿Mi pelo te ha estado volviendo loco? –le preguntó ella.

–Y esos zapatos que te pones –continuó él, desabrochándole la sencilla camisa blanca.

–¿Mis zapatos? –repitió Charlie confundida.

–Sí. Lo que le hacen a tus piernas deberías ser ilegal.

–¿De verdad? –dijo ella, satisfecha por ridículo que fuese aquello.

–De verdad –le contestó Vance sonriendo–. Estaba pensando en hacer con ellos una escultura de bronce.

Charlie rio contenta y, de repente, se sintió más despreocupada, más viva que en muchos años.

–Claro, tú puedes reír. Soy yo el que sufre, viéndote pasear por el despacho… –le dijo, sacudiendo la cabeza mientras terminada de desabrocharle la camisa y la sacaba de la falda gris.

Al ver el sujetador de encaje que cubría sus generosos pechos, suspiró.

–Eres increíble.

Charlie le desabrochó también la camisa, ruborizándose al oír el cumplido y al notar el calor de su mirada.

También quería verlo desnudo. Quería pasar los dedos por su piel y sentir el calor de su carne pegada a la de ella.

Él esperó a que terminase de desabrocharle la camisa y se quedó quieto mientras apoyaba las manos en su pecho y se lo acariciaba. Luego tomó aire bruscamente y Charlie se dio cuenta de que sus caricias lo afectaban tanto como a ella.

–No puedo esperar más, Charlie. Ya hemos esperado demasiado. Tienes que ser mía.

–Sí, Vance. Sí –le respondió ella.

Luego se dijo a sí misma que aquello era inevitable. Desde que había entrado en su despacho y lo había visto, ambos habían estado destinados a aquel momento.

Ella se sentía bella, deseada y preparada.

Se llevó las manos al cierre delantero del sujetador, pero se detuvo y miró a su alrededor. Estaban en la terraza, a plena luz del día.

Aunque nadie podía verlos, salvo algún pájaro…

–Tal vez estaríamos mejor dentro –sugirió.

–¿Qué? –preguntó Vance, mirando también a su alrededor–. Ah. Sí. Se me había olvidado dónde estábamos. ¿Ves lo que me haces? Siempre lo controlo todo, pero contigo…

Suspiró con exasperación y luego la tomó en brazos.

–¡Vance! –exclamó ella, aferrándose a su cuello y echándose a reír–. Puedo ir andando.

–Sí, pero así no tengo que dejar de tocarte.

–En eso estoy de acuerdo –admitió ella mientras entraban en la casa.

Vance la llevó hasta su habitación y la dejó en la cama. Estaba nerviosa, pero se dijo a sí misma que no tenía ningún motivo. Aquello no era un error y lo estaba haciendo porque quería. Aunque algún día lamentase haber estado con Vance, en ese momento, lo estaba disfrutando.

Él la recorrió con la mirada y sacudió la cabeza.

–No sabes cuántas noches te he imaginado así.

Charlie sonrió.

–¿Y en tus sueños iba vestida?

Él sonrió de medio lado mientras la miraba con deseo.

–No –le respondió–. Solo llevabas puestos esos zapatos y una sonrisa de satisfacción.

Aquel comentario la excitó todavía más y Charlie se sintió como si le ardiese la sangre.

Sin apartar la mirada de la suya, se quitó la falda y la camisa y se quedó con el sujetador de encaje blanco, unas braguitas a juego y los zapatos de tacón que tanto parecían gustarle a Vance.

—No pares ahora —le dijo este en un susurro.

Lentamente, Charlie se desabrochó el sujetador y se lo quitó con cuidado. Al notar el aire fresco, la piel se le puso de gallina, pero no fue solo por el aire, sino también por la mirada de Vance. Se sentía avergonzada por su desnudez y excitada al mismo tiempo, una mezcla interesante que hizo que se le acelerase el corazón.

Estaba a punto de quitarse las braguitas cuando Vance le dijo:

—No, espera. Lo haré yo.

Bajo su atenta mirada, Vance se quitó la ropa y dejó al descubierto su impresionante cuerpo.

—Ya no tenemos que esperar más, Charlie —murmuró.

Ella asintió, también estaba cansada de esperar. Quería sentir. Quería que la abrazasen y la acariciasen. Que Vance la abrazase y la acariciase.

Este se tumbó también en la cama, dándole calor con su piel. Tomó sus pechos con ambas manos y le acarició los pezones endurecidos hasta hacerla gemir.

Luego fue moviendo las manos por el resto de su cuerpo como si estuviese jugando con ella, arrancándole toda una sinfonía de suspiros y gemidos. Exploró todas sus curvas y todos sus valles. La recorrió de arriba abajo con su mano y luego la metió por debajo de la cinturilla elástica de sus braguitas.

–Vance…

Él metió la mano entera y notó su calor en la palma, la hizo retorcerse y pedirle más.

–Por favor –susurró Charlie, sin importarle que pareciese que estaba desesperada. Lo estaba. Desesperada por sus caricias. Por el orgasmo que se estaba formando en su interior–. Vance, por favor…

Él la miró a los ojos. Y, sonriendo, le dijo:

–Charlie, voy a hacer que me desees tanto como yo te deseo a ti.

–Ya lo hago –le prometió ella, levantando las caderas.

–Todavía no –susurró Vance–, pero te falta poco.

Entonces agachó la cabeza para tomar uno de sus endurecidos pezones con la boca y la torturó con exquisito cuidado. Dedicó toda su atención a un pecho y después al otro, hasta que la vio retorcerse debajo de él.

Charlie notó que se le nublaba completamente la vista, pero se dijo a sí misma que no necesitaba ver. Solo lo necesitaba a él. Lo único que le importaba en esos momentos era la siguiente caricia.

–Ha llegado la hora de deshacerse de esto –dijo él, levantando la cabeza para besarla y tirando de la goma de sus braguitas.

–Bien –le contestó ella–. Me alegro.

–Pues todavía no ha llegado lo mejor –le prometió Vance.

Metió un dedo en su interior y la acarició profundamente hasta que se puso a temblar de los pies a la cabeza. Charlie se aferró a él, le clavó las uñas en la piel. Él acaricio la parte más sensible de su sexo y Charlie sintió que explotaba por dentro.

Desenfrenada, hambrienta, balanceó las caderas como si estuviese loca para intentar que Vance la acariciase todavía más, y gimió porque seguía sin ser suficiente. Necesitaba tenerlo dentro.

–Más, más –le susurró casi sin aliento.

–Deséalo, Charlie. Deséalo más que respirar –la alentó él en voz baja.

–Lo deseo. Te deseo. Siempre te he deseado –le dijo ella–. Y ahora que te tengo, no quiero esperar más, Vance. Ahora.

–Ahora –repitió él, dejando de acariciarla.

Un par de segundos después le había quitado las braguitas y estaba sonriendo con la mirada clavada en los zapatos de tacón.

–¿Tu fantasía?

–Te falta la sonrisa de satisfacción.

Ella separó los muslos y le dijo:

–Estoy preparada, cuando tú quieras.

–Un momento –respondió él, buscando un preservativo en el cajón de la mesita de noche.

–No lo había pensado –admitió Charlie, agradecida de que lo hubiese hecho él.

–Con que lo hagamos uno de los dos, es suficiente –respondió Vance, poniéndoselo.

Después se arrodilló entre sus piernas, la agarró por el trasero y la levantó ligeramente del colchón. Ella lo miró a los ojos y vio un deseo igual al suyo. Era la primera vez que experimentaba algo semejante. No había sabido que el sexo pudiese ser… así. Antes había sido… agradable. Placentero. Pero el sexo con Vance no tenía nada de agradable. Era salvaje, potente, devorador. Como no lo tuviese dentro pronto, iba a perder completamente la cabeza.

Y aquello fue lo último que le dio tiempo a pensar antes de que Vance la penetrase.

Ella notó su enorme erección dentro y dio un grito ahogado, luego gimió su nombre y levantó las caderas hacia él para que la penetrase todavía más. Fue como si hubiese estado toda la vida esperando aquel momento. A aquel hombre. Lo sintió en el fondo de su alma.

Vance se movió en su interior y ella lo apretó con sus músculos internos. Él estableció el ritmo y Charlie lo siguió. Él la acaricio y ella pasó las manos por su pecho, por su abdomen. Vance le levantó las piernas y ella las apoyó en sus hombros, permitiéndole un mayor acceso.

La pasión explotó entre ambos cuando Charlie llegó al clímax y se sintió como si acabase de llegar a un mundo lleno de luz y de color, entonces oyó que Vance gritaba su nombre y notó que se dejaba caer encima de ella.

Luego se abrazaron como dos náufragos en la orilla del mar.

Unos segundos después, Vance susurró:

–Han sido los zapatos, Charlie. No te deshagas nunca de ellos.

Y ella rio encantada.

Capítulo Diez

Veinte minutos después, en la cocina, Vance abrió una botella de vino blanco y sacó pan tostado y algo de queso. Estaba buscando un par de copas cuando se detuvo a pensar en la mujer que había en su dormitorio.

Apoyó ambas manos en la encimera de granito y recordó la increíble sensación de haber estado dentro del cuerpo de Charlie, donde, por un instante, había pensado que quería quedarse para siempre.

Se retrajo casi al instante. Él no trabajaba el para siempre. Él estaba semanas, como mucho meses. Las personas que se comprometían para siempre lo hacían porque confundían el deseo con el amor. El deseo no duraba y la pasión se enfriaba con tanta facilidad como surgía.

Se pasó las manos por el rostro y después por el pelo. Miró por la ventana y se dijo que tenía que relajarse. Lo que tenía con Charlie era estupendo, pero nada más.

Lo que le demostraba aquello era que no podía esperar tanto tiempo entre mujer y mujer. Habían pasado más de tres meses desde que había estado con Sharon, o Karen, o como se llamase.

Frunció el ceño al darse cuenta de que no solo no recordaba su nombre, sino que no se acordaba de nada de ella. Mientras que a Charlie la tenía grabada en la cabeza. Aunque no hubiese vuelto a verla jamás, siempre la habría recordado. La idea de no volver a verla tampoco le gustó, pero era normal. Estaba en el principio de una aventura, porque solo iba a ser eso, una aventura, aunque fuese la mejor que hubiese tenido en su vida.

Una vocecilla en su interior le dijo que Charlie era distinta a las demás mujeres con las que había estado. Lo que acababan de compartir lo había dejado confundido y Vance no quería intentar averiguar qué significaba eso.

En su lugar, tomó la bandeja, las copas y el vino y volvió al dormitorio. Justo antes de entrar, se dijo a sí mismo en voz baja:

—Haz que sea sencillo, idiota.

Charlie estaba sentada en la cama, esperándolo, y Vance se quedó inmóvil un segundo o dos al verla. Era preciosa y deseó volver a hacerle el amor. Frunció el ceño y se dijo que eso no significaba nada, aunque la vocecilla de su cabeza le dijo algo completamente diferente.

—¿Estás discutiendo contigo mismo?

—¿Qué? —preguntó él sorprendido.

–Tienes cara de estar luchando contigo mismo.

–No, no –mintió Vance, desconcertado al ver que Charlie era capaz de leerle el pensamiento.

Atravesó desnudo la habitación, dejó la bandeja encima de la mesita de noche y sirvió el vino. Como en sus sueños, Charlie tenía el pelo suelto y no pudo evitar acariciárselo. Era muy suave y olía, pensó, a melocotón.

Ella dio un sorbo a su copa y comentó:

–Está muy bueno, gracias.

Él vació la suya de un trago para intentar que se le deshiciese el nudo de deseo que tenía en la garganta. Todo en ella le atraía. Su manera de relamerse. El modo en que se ponía el pelo detrás del hombro. La manera de acariciarle la mejilla.

–Se me ha quitado la sed de repente –comentó Vance–. ¿Y a ti?

–A mí también –le respondió ella, dándole la copa para que dejase ambas en la mesita de noche.

–¿Me estás leyendo el pensamiento? –le preguntó él–. ¿Qué estoy pensando ahora?

–Si estás pensando lo mismo que yo –murmuró ella–, estamos de acuerdo.

–Me alegra saberlo –dijo Vance antes de besarla.

La sensación fue tan explosiva como la primera vez que la había besado, bajo la sombra del sauce. A Vance se le encogió el estómago y notó una especie de dolor en el pecho, pero no quiso preguntarse qué significaba.

Por el momento, lo único que quería, lo único que necesitaba, era a Charlie. Todo lo demás podía esperar.

Tomó otro preservativo y se lo puso. Se sentó y la acercó a él para que se sentase encima.

Charlie se apartó el pelo de la cara, pero volvió a colocársele hacia delante, entre sus increíbles pechos. Sus pezones sobresalían entre los mechones dorados como tesoros escondidos, esperando a ser descubiertos.

Charlie apoyó las manos en sus hombros, se arrodilló y, poco a poco, hizo que la penetrase. Vance la agarró por las caderas para guiarla sin dejar de mirarla a los ojos. Vio asombro y deseo en ellos y se perdió en sus profundidades. En el calor que estaban compartiendo. En el anhelo que los tenía a ambos en vilo.

¿Por qué era ese anhelo todavía más desesperado en esos momentos? ¿No debía haberlo calmado su primera unión? ¿No debía él sentirse satisfecho en vez de todavía más hambriento?

–Me estás matando –murmuró Vance cuando Charlie se sació de él.

–Lo mismo estaba pensando yo –admitió esta, apretando las caderas contra él.

Ambos gimieron a la vez.

–Esta vez quería tomármelo con calma –le

dijo Vance, luchando por controlarse–, pero no voy a poder.

–¿Quién quiere calma? –preguntó ella, dando un grito al notar que Vance la tumbaba de espaldas en la cama sin que sus cuerpos se separasen.

–Tenemos mucho tiempo –añadió él–. Ya nos lo tomaremos con calma después.

–De acuerdo –respondió Charlie–. Ahora, lo que necesito… Necesito…

–Yo también –la interrumpió Vance, enterrando el rostro en la curva de su cuello y dejándose llevar por el instinto.

Se movió con rapidez y la hizo suspirar. Notó cómo temblaba y cómo el clímax sacudía su cuerpo. La oyó gritar su nombre y unos segundos después llegó al clímax él también.

–Qué tarde tan rara –se dijo Chalie a sí misma una hora después, sentada en su despacho, mirando el correo de Vance.

Había estado en su cama y en esos momentos volvían a estar en Waverly's, como si nada hubiese ocurrido.

Pero había ocurrido, se recordó sonriendo. Lo que no sabía era qué significaba eso para ninguno de los dos.

Se preguntó si de verdad quería que significase algo. ¿No era suficiente disfrutar de lo que tenía mientras durase?

Pero ella nunca había sido así. Siempre había pensado más en formar una familia que en disfrutar del momento.

Pero estaba viviendo con su jefe. Acostándose con él.

Y preocupándose por lo que ocurriría después.

No sabía por qué, pero Vance estaba siendo muy amable y protector con su hijo y con ella, y Charlie se sentía agradecida, pero sabía que no tardaría en cansarse de ella y saldría con otra de esas mujeres bellas y sin cerebro con las que se le solía ver. La idea era deprimente.

Entonces sonó el intercomunicador.

—¿Sí?

—Ven a mi despacho, Charlie. He tenido una idea —le dijo Vance.

Ella entró en su despacho y se detuvo un instante a admirar las vistas. Vance estaba sentado detrás de su escritorio como un rey. Emanaba poder y cuando sonreía, la volvía loca.

Entonces se dio cuenta. Había ocurrido.

Se había enamorado de Vance Waverly.

Y estaba destinada a sufrir porque sabía que él jamás la correspondería. ¿Cómo iba a hacerlo, conociendo su pasado? Eran como el día y la noche, la luz y la oscuridad, el poder y la nulidad.

Se obligó a sonreír y rezó porque Vance no le leyese el pensamiento. Solo le quedaba su orgullo e iba a aferrarse a él.

–¿Qué ideas has tenido? –le preguntó, sentándose al otro lado del escritorio.

Él apoyó la espalda en el respaldo de su sillón y la miró.

–Quiero que respondas a ese cretino y le digas que quieres verlo.

–¿Qué? –inquirió ella, asustada–. ¿Por qué?

–Porque quiero averiguar quién es. Así sabremos quién está detrás de todo esto.

Vance se levantó, rodeó el escritorio y se sentó a su lado.

Charlie lo miró a los ojos.

–No sé.

–Yo sí. Puedes hacerlo, Charlie –le dijo, tomando sus manos–. Estoy seguro de que la persona que te está amenazando tiene algo que ver con el futuro de Waverly's.

–Pero, Vance…

–Yo estaré allí. Bueno –rectificó–, no contigo, pero muy cerca. Te prometo que no te perderé de vista. No correrás ningún riesgo, Charlie, pero creo que es nuestra mejor opción para detener a ese tipo.

A ella no le gustó la idea. Le daba miedo encontrarse con una persona que la había estado amenazando.

–¿Y si te ve? ¿Y si cumple sus amenazas e intenta quitarme a Jake? –le preguntó, intentando soltar sus manos de las de Vance.

–Eso no ocurrirá.

–No puedes estar seguro.

–No –admitió él.

Charlie se mordió el labio.

–¿Por qué no llamamos a la policía?

–Porque la prensa se enteraría. Lo siento, Charlie, pero no puedo poner en peligro la empresa.

–No, claro que no. Yo tampoco quiero que esto salga en los periódicos –admitió ella.

–Puedo organizarlo para que alguien del equipo de seguridad de Waverly's esté también en la zona. Yo voy a estar. No correrás ningún peligro, Charlie. Y te prometo que no perderás a Jake. Te prometo que, si es necesario, contrataré al mejor abogado de la ciudad para defenderte. No perderás a tu hijo, Charlie. Tienes que confiar en mí. ¿Puedes hacerlo?

Ella pensó en su hijo, que estaba jugando tranquilamente en la guardería, y el corazón se le encogió con la idea de perderlo. Pero si no hacía aquello, siempre estaría escondiéndose. Viviría con miedo. Y no quería vivir así.

–De acuerdo. Lo haré.

Vance le soltó las manos y la agarró por la nuca para besarla apasionadamente.

–Buena chica. Funcionará. Ya lo verás. Te dijo que quería que lo contactases mañana a las cinco, ¿verdad?

–Sí –respondió ella con un nudo en el estómago otra vez.

–En ese caso, esperaremos hasta las cinco

menos cuarto. Entonces le mandarás un correo diciéndole que quieres verlo –continuó él, apretándole de nuevo las manos–. Le dirás que no vas a darle lo que quiere hasta que no hayáis hablado en persona.

–¿Y si se niega? –le preguntó Charlie, segura de que era eso lo que iba a hacer su extorsionador.

–No lo hará –le aseguró Vance–. Que sepamos, eres su única puerta a los archivos de Waverly's.

–Ya veremos.

–Charlie –insistió él–, sus amenazas han funcionado solo porque sabe que te ha asustado, pero ahora ya no estás asustada.

–¿No?

–¿Por qué ibas a estarlo? –le preguntó Vance–. Ahora me tienes a mí.

Ella lo miró a los ojos y se preguntó si era cierto y cuánto tiempo duraría. ¿Hasta que Waverly's estuviera a salvo?

¿Hasta que Vance se cansase de tenerla en su cama?

–Espero que tengas razón –le dijo poco convencida.

–Siempre tengo razón, ¿recuerdas? –respondió él, dedicándole esa sonrisa que hacía que se le acelerase el corazón.

Charlie pensó que era una tonta. ¿Cómo había podido enamorarse de él? ¿Acaso no había jurado que no volvería a confiar en otro hombre? ¿Que no se arriesgaría a volver a sufrir?

Pero se dijo que aquello era diferente. Vance era real. No le había mentido. Era ella la que se había enamorado y la que iba a sufrir.

Porque acababa de darse cuenta de que aquello sí que era amor. Con aquello era con lo que había soñado toda su vida.

Y se moriría cuando lo perdiese.

Tal vez fuese por el sexo.

O porque tenía a Charlie en casa. Vance no estaba seguro, pero el caso era que estaba más impaciente que nunca. No le gustaba que amenazasen a Charlie. No le gustaba que esta tuviese miedo y no iba a permitirlo. Por eso se le había ocurrido su brillante plan para descubrir al extorsionador.

Sabía que era lo que tenían que hacer, pero también sabía que Charlie estaba preocupada.

Estaba nerviosa, no había más que ver cómo se movía por su cocina. Vance ya la conocía lo suficientemente bien para apreciar la tensión de sus hombros, la manera de apretar la mandíbula.

Admiraba la fuerza, y Charlie tenía mucha. Además, quería mucho a su hijo y su manera de defenderlo conmovía a Vance. De hecho, estaba pasando demasiado tiempo pensando cosas buenas acerca de Charlie Potter.

Desde el salón, la vio preparar la cena en la cocina: pollo con parmesano, había dicho, y él tenía que admitir que olía muy bien. Vance solía comprar la cena ya preparada o descongelar algo.

Era extraño… tener a Jake y a Charlie en casa, pero también lo estaba volviendo loco. Y eso lo preocupaba.

Era la primera vez que llevaba a una mujer allí.

Era su casa. Jamás la compartía. Cuando salía con una mujer, iban a casa de ella o a un buen hotel, nunca a su casa.

Hasta que había conocido a Charlie.

De hecho, habían cambiado muchas cosas desde que había conocido a Charlie.

–¡*Otaotaota*!

Vance salió de sus pensamientos cuando Jake le golpeó la pierna para llamar su atención.

–¿Qué quiere decir «ota»? –preguntó, mirando a Charlie.

–Pelota –respondió esta–. Está en su habitación.

–¡*Otaotaota*!

El niño tenía los ojos muy abiertos y le temblaba el labio inferior. Un par de semanas antes, Vance habría salido corriendo nada más verlo. En esos momentos no entendía el motivo. Lo tomó en brazos y lo llevó hasta la que era su habitación de manera temporal.

La cuna ya había llegado, el armario estaba lleno de ropa de bebé y había una caja de pañales encima de la mesa.

–¡*Otaotaota*! –repitió Jake, apoyando la cabeza en el hombro de Jake y golpeándole el pecho con su pequeña mano.

–Ya casi la tenemos, pequeño –le dijo él, acariciándole la espalda para tranquilizarlo.

Encontró la pelota roja en el suelo del armario. Dejó al niño en el suelo, le tiró la pelota y sonrió al verlo feliz. Jake tomó la pelota con la mano izquierda y se la pasó.

–¡Vaya lanzamiento! –comentó Vance sonriendo–. Vas a jugar en la liga profesional de béisbol, chico.

–¡*Otaotaota*!

Sin dejar de sonreír, Vance le pasó la pelota y Jake volvió a tirársela, contento con el juego. Vance lo miró a los ojos azules oscuros y notó que se le encogía el corazón. Aquel bebé lo había conquistado con tanta facilidad como su madre. Entre los dos, lo tenían hecho un lío. Lo único de lo que estaba seguro era de que, por primera vez en su vida, no tenía ganas de salir corriendo de allí.

De hecho, y aunque pareciese extraño, lo estaba disfrutando. El bebé. Charlie. Había vida y risas en una casa que solía estar siempre en silencio.

Frunció el ceño y se dijo a sí mismo que debía estar preocupado.

No oyó llegar a Charlie, pero sintió que lo observaba. Se giró hacia la puerta abierta y la vio con un hombro apoyado en el marco. Llevaba el pelo recogido en una trenza que le colgaba sobre el hombro derecho. Estaba descalza y las uñas de los dedos de los pies, pintadas de color rojo, sobresalían de los pantalones vaqueros desgastados que se abrazaban a sus piernas. La camiseta de algodón decía: «No veas la película, lee el libro».

—¿Te he dicho ya que me gusta tu camiseta? —le preguntó. Sobre todo, el modo en que la tela se pegaba a sus pechos.

Ella bajó la vista y rio.

—Gracias.

Vance se dio cuenta entonces de que parecía preocupada.

—¿Te pasa algo?

—Me ha llegado un correo.

Él se puso alerta de repente. El bebé le volvió a tirar la pelota, pero Vance la dejó pasar por su lado.

—¿Qué dice?

—Tenías razón —admitió Charlie a regañadientes—. Ha accedido a quedar conmigo.

—Estupendo. ¿Le has dicho dónde?

—Sí. Estará en la cafetería que acordamos mañana a las cuatro.

Vance asintió.

—Casi se ha terminado, Charlie.

—¿Tú crees?

Jake se sentó sobre el regazo de Vance y él agarró al niño automáticamente por la cintura. Miró a su madre a los ojos y pensó en lo que acababa de decirle, que aquello casi se había terminado. Cuando eso ocurriese, Charlie se marcharía y volvería a su vida con Jake. Y él se quedaría allí solo.

Fue entonces cuando se dio cuenta de que tal vez se le estuviesen yendo las cosas de las manos.

Capítulo Once

–Entonces, ¿decidiste seguir mi consejo y seducirla?

Aquello le sonó mucho más frío cuando Roark lo dijo en voz alta, pero, sí, eso era exactamente lo que había hecho. Así era como había empezado. Con una cena. Luego habían llegado los paseos y las conversaciones y, cuando había querido darse cuenta, había sido él el seducido.

El sexo había sido el siguiente paso lógico.

Y la seducción se había convertido en otra cosa.

Vance se pasó la mano que no estaba sujetando el teléfono por la cara.

–Sí, seguí tu consejo –murmuró.

–Y pareces muy contento al respecto –le dijo su hermano riendo.

–Es… complicado.

–Tiene mala pinta.

–Tal vez –admitió Vance.

Odiaba admitir que no sabía adónde iba lo que tenía con Charlie. En otras circunstancias, habría disfrutado de ello y después habría seguido con su vida, pero no quería seguir con su vida. Además, no soportaba la idea de que Charlie estuviese con otro hombre.

—Bueno, aparte de eso, ¿qué has averiguado?

El teléfono móvil de su hermano hizo un ruido muy raro.

—¿Dónde estás, que casi no te oigo?

—En medio de la selva.

—¿Todavía en el Amazonas? —le preguntó Vance, levantándose a mirar por la ventana de su despacho.

—Sí, casi he terminado, así que no tardaré en volver, pero estábamos hablando de tu secretaria, ¿recuerdas?

Como si se le pudiese olvidar.

—Entonces, ¿no es ella la espía?

—No.

—¿Estás seguro?

—Sí, estoy seguro —le dijo Vance, resumiéndole en un par de frases la situación.

—Vaya, qué interesante. ¿Y sabes quién puede ser el tipo que la está amenazando?

—Eso es lo que voy a averiguar esta tarde.

—¿Cómo? La calle de la cafetería estará abarrotada de gente a las cuatro de la tarde. Si ese tipo te ve con Charlie, se marchará.

—Ya lo tengo todo pensado —le contestó Vance, volviendo a sentarse. Y le relató su plan.

—Suena bien, ya me contarás cómo sale.

—Lo haré —le aseguró Vance—. Con respecto al *Corazón dorado*…

–¿Qué?

–¿Cómo lo has encontrado? Ann está haciendo que se corra la voz y no se habla de otra cosa. Va a ser la subasta más importante que hemos tenido.

–Ahora no tengo tiempo para explicártelo, Vance –le dijo su hermano–. Solo confía en mí.

–¡Espera un momento! –gritó Vance al darse cuenta de que perdía a Roark.

Pero este no le contestó. O había colgado, o se había cortado la conexión.

Vance confiaba en Roark, pero Waverly's dependía demasiado de aquella subasta. No podía permitir que nada saliese mal.

Algo podía salir mal. Vance iba vestido con vaqueros negros, camiseta negra y botas. Necesitaba ir cómodo por si tenía que correr al lado de Charlie.

No le gustaba nada aquello. Había sido idea suya, sí, pero en el momento de ponerla en práctica, odió que Charlie tuviese que estar allí sola.

Estaba medio escondido en una esquina de la Quinta Avenida desde la que veía a Charlie, que estaba delante de la cafetería. Esta era muy conocida y eran muchas las personas que entraban y salían de ella. Lo que significaba que era difícil tenerla todo el tiempo a la vista, pero que el extorsionador tampoco podría intentar nada peligroso. Charlie estaba a salvo, rodeada por cientos de extraños.

El sol del verano era brutal a esa hora de la tarde. El tráfico era tan denso como siempre y había gente por todas partes.

Vance frunció el ceño y miró por los prismáticos a Charlie, que parecía preocupada.

El estómago se le encogió al darse cuenta. No sabía por qué sentía aquella imperiosa necesidad de protegerlos a ella y a su hijo.

Charlie miró a su alrededor y esbozó una sonrisa cuando su vista pasó por el lugar en el que sabía que se estaba escondiendo Vance. Este no quería verla asustada. Quería que aquello se terminase. Y aunque no pudiese estar a su lado, al menos estaba cerca. También estaba por allí uno de los miembros del equipo de seguridad de Waverly's.

Un hombre se acercó y Vance tardó unos segundos en fijarse en él.

El hombre no llamaba la atención. Llevaba un feo traje marrón, una peluca negra de mala calidad y unas enormes gafas. Clavó los prismáticos en él y deseó poder leerle los labios.

Veinte minutos después, Charlie estaba sentada con Vance, contándole lo que había ocurrido.

–Todo ha salido mal –protestó mientras se tomaba un café con leche y un dónut.

–Todo, no –la contradijo Vance con el ceño fruncido–. Te has encontrado con él.

–Pero no lo he reconocido –dijo ella.

–Vuelve a contarme lo que te ha dicho.

–Estaba furioso –empezó Charlie–. Muy enfadado. Creo que no voy a poder seguir dándole largas. Me ha dicho que se habían terminado los juegos y que si no le enviaba los archivos antes del fin de semana, iría a los servicios sociales y haría todo lo posible para que me quitasen a mi hijo.

Vance apretó los dientes.

–Estaba seguro de que uno de los dos lo reconoceríamos –admitió–. No puedo creer que se haya presentado con ese estúpido disfraz.

–A mí me ha parecido escalofriante, no estúpido –comentó Charlie–, porque ha funcionado y ninguno de los dos hemos sabido quién era.

Frunció el ceño antes de añadir:

–No obstante, me ha resultado familiar. Tenía algo…

–Es normal que no lo hayamos reconocido con esas pintas –gruñó Vance–. Solo con las gafas era imposible verle los ojos.

Eso era cierto. Lo único en lo que se había podido fijar Charlie era en una cicatriz que tenía en la frente y que bajaba por la parte izquierda de su rostro. Mientras hablaban, Charlie había tenido la vista todo el tiempo clavada en aquella cicatriz.

–La cicatriz…

–Era falsa –murmuró Vance.

–¿Qué? ¿Por qué? –preguntó ella–. ¿Por qué una cicatriz?

–Para que no te fijases en nada más –le explicó él–. Y ha funcionado. Conmigo también. Estaba demasiado lejos para verlo bien, pero también he tenido la sensación de conocer a ese tipo. Su manera de moverse, su postura. Como bien has dicho, había algo en él que me ha resultado familiar. Pero me he olvidado de todo al ver la cicatriz. Muy inteligente, utilizar eso para distraernos. Además, ha desaparecido tan pronto entre la multitud que mi hombre de seguridad no ha podido seguirlo.

Charlie se sentía decepcionada y bastante nerviosa.

–Así que no tenemos ni idea de quién es.

–Todavía no.

–Y Jake sigue en peligro.

Vance la miró a los ojos.

–Tengo la sensación de que esto no tiene nada que ver contigo. Recuerda que todo empezó el mismo día que se publicó el artículo del periódico. Yo creo que tiene más que ver con Waverly's.

–Pero está utilizando a Jake.

–Ya te he dicho que no permitiré que le ocurra nada.

Charlie asintió, pero no pudo evitar seguir sintiendo miedo. Había tenido la esperanza de poder terminar con aquello esa tarde, pero estaban igual que al principio.

Los siguientes días fueron frenéticos en Waverly's.

Tenían una subasta de menos importancia en dos semanas y después del fin de semana se empezarían a exhibir los objetos que se iban a vender.

Esta exposición previa solía dar buena publicidad y, en esos momentos, Waverly's necesitaba toda la que pudiese conseguir. Aunque, en general, de lo que más se hablaba era del *Corazón dorado*.

Los periódicos especulaban con su procedencia y con el modo en que Waverly's había conseguido hacerse con él.

—No puedo darles una respuesta —dijo Ann, paseando por el despacho de Vance—. Roark no ha tenido tiempo de explicarme cómo consiguió la estatua.

—No te preocupes, Ann —le respondió él—. La publicidad nos viene bien y, cuando subastemos la estatua, nuestra reputación se consolidará y acallará los rumores.

—Espero que tengas razón.

—Siempre la tengo —dijo Vance, pensando que le había dicho eso mismo a Charlie varios días antes, después de su intento fallido de descubrir al extorsionador.

—¿Tú tampoco sabes nada más? —le preguntó Ann—. ¿Has vuelto a oír rumores acerca de Dalton?

—No. ¿Y tú?

—No, está todo tan tranquilo que me preocupa —admitió, cruzándose de brazos—. Le he pedido a Kendra que lo investigue, que intente enterarse de lo que piensa la gente, para ver si averiguamos algo, pero por el momento, nada. Además, Rothschild no se ha pronunciado con respecto a nuestra adquisición del *Corazón dorado*. ¿No te parece extraño?

—Disculpe, señor Waverly.

Vance levantó la vista hacia la puerta abierta. Había estado tan ocupado últimamente que ni siquiera había cerrado la puerta después de que entrase Ann. Cualquiera podía haber escuchado su conversación. Aunque como Charlie había salido a comer con su amiga Katie, había pensado que con la puerta abierta podría ver también el despacho de esta.

Era el chico que se ocupaba de clasificar la correspondencia, Teddy. Ese era su nombre. Debía de tener como mucho veintidós años, era pelirrojo, tenía los ojos verdes y el rostro lleno de pecas.

—Entra, Teddy.

—Siento interrumpir, pero su secretaria no

está y tengo aquí el correo y… –se detuvo de repente–. Señorita Richardson.

Y estuvo a punto de hacerle una reverencia a Ann.

Esta le sonrió.

–No pasa nada, Teddy. Todos tenemos que hacer nuestro trabajo, ¿verdad?

–Sí, señora –respondió él, dejando su carrito en la puerta y entrando con un montón de cartas para Vance.

Se las dio y volvió a marcharse.

Cuando hubo desaparecido, Ann miró de nuevo a Vance.

–Te decía que me preocupa que Dalton esté tan callado. ¿A ti no?

–Sí –admitió él, mirando de reojo el montón de cartas y un sobre de papel marrón que sobresalía entre los demás.

–No suele ser tan prudente. Esperaba que al menos cuestionase la autenticidad de la estatua.

–Exacto –dijo Ann–. Trama algo. Estoy segura.

–Pues lo único que podemos hacer es esperar a que actúe –comentó Vance.

Odiaba esperar. Odiaba sentir que tenía las manos atadas. Y odiaba no poder tranquilizar a Charlie con respecto a las amenazas.

Solo faltaba un día para el fin de semana y no tenía ninguna pista acerca de la identidad de aquel hombre.

¿Aunque quién había dicho que era un hombre?

–Me temo que la paciencia no es lo mío –le dijo Ann, mirándose el reloj.

–Ni lo mío, pero en este caso no tenemos elección.

–Gracias por haberme escuchado, Vance. Tengo que irme corriendo a una reunión con los jefes de publicidad. Van a enseñarme lo que tienen hasta ahora para el Corazón Dorado.

–¿Ya? –preguntó él, impresionado, cuando todavía faltaban meses para la subasta.

–Es la subasta más importante que hemos tenido, que nadie ha tenido –comentó Ann–. Y vamos a hacer que sea el acontecimiento del año.

–Buena idea –admitió Vance, que volvió a su escritorio en cuanto ella se hubo marchado.

Había tantas cosas que hacer esos días que todo el mundo parecía nervioso.

Se sentó y se puso a ver el correo. Dejaría la mayor parte de las cartas para que Charlie las abriese cuando volviese de comer, pero el sobre marrón llamó su atención. Llevaba su nombre en grandes letras mayúsculas. No tenía remitente. Pesaba. Lo abrió, pero dentro no había ninguna nota, solo fotografías.

Decenas de fotografías, en color y en blanco y negro, todas del mismo hombre. Vance se puso tenso mientras las veía. En todas aparecía el mismo hombre con un disfraz diferente. Las estudió una a una, seguía resultándole familiar.

Era el hombre que estaba amenazando a Charlie.

–¿Quién las ha hecho? –murmuró mientras miraba una en la que el hombre hablaba con Charlie delante de la cafetería de la Quinta Avenida.

Entonces llegó a otra en la que aparecía un hombre guapo, de ojos azules oscuros. Golpeó la foto con el dedo, satisfecho.

–Sabía que te conocía.

Lo conocía desde hacía años.

Era Henry Boyle, uno de los ayudantes de Dalton Rothschild.

–Te tengo, hijo de perra. Y sea lo que sea lo que Dalton y tú estáis planeando… no va a funcionar.

Siguió mirando la fotografía durante uno o dos minutos más, contento porque por fin iba a poder decirle a Charlie que todos sus problemas se habían terminado. Sabiendo quién había detrás de aquello, iba a ir a la policía para que detuviesen a Henry.

Entonces, se dio cuenta de algo más. Algo que ya tenía que haber imaginado. ¿Quién más podía conocer los secretos de Charlie? ¿Quién más habría sabido con qué amenazarla?

–También conozco esos ojos, cretino –le dijo al hombre de la fotografía–. Los veo todos los días en tu hijo.

El hombre que había estado amenazando a Charlie era el padre de Jake.

No fue fácil contárselo. Y después de conseguirlo, lo único que pudo hacer fue escucharla.

–¿Cómo ha podido hacerme algo así? ¿Cómo ha podido hacérselo a su hijo? –bramó Charlie.

Sollozó unos momentos, hasta que al fin pudo decir:

¿Qué clase de hombre trata así a los demás?

–Una mala persona.

–¿Mala? –repitió ella–. Es peor que malo. Es… el demonio. Es asqueroso. ¡Me utilizó para hundir Weverly's!

–Sí –le confirmó Vance.

–¡Es el padre de mi hijo! –exclamó Charlie, mirando a Vance.

–¿Qué? –le preguntó él, acercándose a abrazarla.

–Jake. Mi pobre niño. ¿Qué le voy a contar acerca de su padre?

–Podrás contarle que tú lo amabas.

–Eso es cierto. Pero ¿Y qué dice eso de mí? ¿Cómo pude tener un hijo con un hombre tan odioso?

Vance la abrazó con fuerza y cerró los ojos.

No le gustaba que Charlie hubiese querido a aquel cretino. Pero eso no podía cambiarse, el pasado era pasado.

–Eso dice de ti que tienes un corazón generoso, que no te fijas en los defectos de las personas.

–Y que soy una idiota. No olvides eso –murmuró ella con el rostro enterrado en su pecho.

Él rio y le levantó la barbilla para poder mirarla a los ojos.

–Eres la mujer más inteligente que conozco, Charlie. No fue culpa tuya, sino de Henry Boyle.

–Pero…

–Pero nada –la interrumpió Vance–. El idiota fue él al dejaros a ti y a tu hijo. Que no se te olvide nunca.

Chalie esbozó una sonrisa.

–Otra vez estás siendo amable conmigo.

–¿Y no debería serlo?

–Deberías estar furioso. Es posible que Waverly's se haya visto perjudicada… y todo por mi culpa.

–No es así.

–Podría haber sido.

–Pero no ha ocurrido. Además, míralo por el lado bueno. Empezaste con toda esta situación completamente asustada, pero conseguiste enfrentarte a él. Te enfrentaste y has ganado.

–Solo estás intentando hacer que me sienta mejor.

–¿Y está funcionando?

–Sí –admitió ella–, está funcionando. Se ha terminado, ¿verdad? Jake ya no corre peligro.

–No. Ninguno de los dos corréis ningún peligro.

–Gracias –susurró Charlie.

Y Vance le dio las gracias en silencio a la persona que le había enviado aquellas fotos.

Un par de horas después habían hecho varias llamadas y habían puesto una denuncia. Solo quedaba el acto final.

–¿Estás segura de que quieres estar aquí? –le preguntó Vance a Charlie, pasándole un brazo por de los hombros.

Estaban en la puerta de la casa de subastas de Rothschild. Había un coche de policía aparcado delante y las personas que pasaban por allí aminoraban la marcha para ver qué estaba ocurriendo.

–Estoy segura –respondió ella, levantando la barbilla y poniendo la espalda recta–. Quiero ver cómo se lo llevan. Quiero saber que se ha terminado. De verdad.

Vance la comprendió, aunque hubiese preferido que no estuviese allí. Todavía recordaba la expresión de sorpresa de su rostro cuando le había dado la noticia de que sabía quién había estado amenazándola. No obstante, la sorpresa pronto se había transformado en ira.

Charlie era una mujer muy fuerte y él la admiraba por ello. Henry Boyle tenía que haberse dado cuenta también.

Vance salió de sus pensamientos al oír unos gritos.

—¡No pueden detenerme! ¡No tienen pruebas de nada!

Los policías, un hombre y una mujer, sacaban a Henry Boyle de Rothschild. Este iba gritando e intentado zafarse de los policías, pero no debía de ser fácil hacerlo con las manos esposadas.

Charlie se puso tensa cuando Henry clavó la mirada en ella y le espetó:

—¡Eres una zorra estúpida! ¡Todo es culpa tuya! ¡Solo tenías que darme los malditos archivos!

Vance se puso furioso, pero logró controlarse, mientras el otro hombre seguía gritando:

—¡Zorra! ¡Estúpida!

—Venga —le dijo el policía, abriéndole la puerta del coche—. Ya es suficiente. Entra.

Pero Henry se zafó de él, le dio un cabezazo al policía y salió corriendo entre la multitud.

Esquivó un coche y un taxi. Se oyeron chirriar unos frenos. Varias personas gritaron. Sonaron varios cláxones. Casi había logrado escapar cuando se puso justo delante de un autobús que no pudo frenar a tiempo.

Charlie chilló y enterró el rostro en el pecho de Vance. Y mientras la calle gritaba conmocionada, él la abrazó para que no viese lo que había quedado de Henry Boyle.

Capítulo Doce

Tres noches después, Vance se encontró a Charlie en la terraza, bajo la luz de la luna. Parecía una diosa incluso con la enorme camiseta que le había prestado para dormir.

La brisa ondeaba su pelo suelto. Tenía la mirada clavada en el río, en el que se reflejaban las luces de la ciudad. Estaba tan quieta, tan ensimismada, que no lo oyó llegar. Así que a Vance le dio tiempo a controlar sus emociones. Se había despertado unos minutos antes y se había dado cuenta de que Charlie no estaba en su cama. Por un instante, había sentido miedo, pero luego había pensado que debía de estar en la habitación de Jake. Así que había ido allí, donde había encontrado al niño plácidamente dormido, hecho un ovillo. Y había ido a buscar a su madre.

Haberla encontrado allí, en la oscuridad, bajo la luz de la luna, había hecho que se conmoviese. Había sido el sentimiento más profundo y poderoso de toda su vida.

¿Sería amor?

Se había hecho aquella pregunta sin asustarse. Lo que demostraba lo lejos que había llegado. Nunca había visto amor en su vida. En su familia, todo el mundo se había divorciado. Sus padres, cuando él había sido un niño. Incluso sus amigos se enamoraban y se desenamoraban constantemente, así que él nunca había creído en el amor.

Era una palabra que no había utilizado con ninguna mujer porque no quería hablar de cosas que no podía sentir.

Sin embargo, con Charlie… Era el primero en admitir que no sabía nada del amor, pero sí sabía que aquella mujer y su hijo se habían hecho un hueco en su corazón.

Charlie giró la cabeza y sonrió, y a él se le cortó la respiración. Le resultaba irresistible. Fue en ese momento cuando se dio cuenta de que estaba enamorado, de que ya no había marcha atrás.

–¿Qué estás haciendo aquí fuera? –le preguntó.

–Me he despertado, he ido a ver a Jake y después hacía tan buena noche, que he salido aquí a pensar.

–Siempre es peligroso que una mujer inteligente se ponga a pensar –le dijo él, acercándose a abrazarla por la espalda.

Desde que habían cerrado el caso de las amenazas, Charlie había estado… pensativa. La muerte de Henry la había entristecido, pero también había conseguido que se sintiese aliviada. No obstante, había algo más, Vance estaba seguro. Y eso lo preocupaba más de lo que estaba dispuesto a admitir.

–¿Quieres contarme en qué estabas pensando? –le preguntó.

–En que va siendo hora de que Jake y yo volvamos a casa.

Él respiró hondo. Tuvo la sensación de que se le detenía el corazón.

–¿A casa? ¿Por qué?

Ella se giró entre sus brazos y lo miró.

–Porque este no es mi sitio, Vance. Has sido maravilloso. Nos has ayudado, pero nunca hemos pensado que pudiera ser permanente.

No, pero tampoco habían puesto un límite de tiempo.

–¿Qué prisa tienes? –le preguntó él–. Eres feliz aquí. Jake y yo nos entendemos a la perfección...

–Sí, pero tengo que volver a mi vida, Vance –insistió ella–. Por bonita que sea, esta no es mi casa.

–Podría serlo.

–Vance...

–Solo estoy diciendo...

Se maldijo, ni siquiera él sabía lo que estaba diciendo. Solo sabía que Charlie quería marcharse y que eso le dolía tanto que no podía soportarlo.

–Quédate una temporada. Disfrutemos el uno del otro ahora que no tenemos que preocuparnos por las amenazas.

Charlie sonrió con tristeza.

—Eso no cambiará nada.

—¿Por qué tendría que hacerlo? —dijo él, soltándola, retrocediendo un par de pasos y después, volviendo a acercarse a ella–. ¿Por qué tenemos que ponerle un nombre a lo nuestro? ¿Por qué no podemos seguir como estábamos?

—Porque no estoy yo sola, Vance –argumentó ella con tristeza–. También tengo que pensar en Jake.

—Yo estoy pensando en Jake –le aseguró él–. Es feliz aquí. Le gusta su habitación. Le gusto yo.

—Demasiado.

—¿Qué quieres decir con eso?

—Quiero decir que cada día se siente más cerca de ti. Esta mañana te ha llamado papá cuando le estabas dando la papilla.

Sí, Vance también lo había oído y se había sentido feliz.

—Si no nos marchamos, empezará a pensar que eres su padre y después será mucho más dura la separación.

—Pero ¿por qué ahora? ¿Por qué quieres marcharte tan de repente? –le preguntó Vance.

Charlie se apartó un mechón de pelo de la cara.

—No es de repente. Desde que Henry... murió, he sabido que tendríamos que irnos. Tú también lo sabías, Vance, pero no has querido admitirlo.

–Ah, ahora resulta que puedes leerme la mente.

–No, pero me doy cuenta de la realidad cuando la tengo delante.

Vance no pudo evitar pensar que Charlie estaba equivocada. Él nunca había pensado que se tenían que marchar de su casa. Se había acostumbrado a tenerlos allí. A tropezar con los juguetes de Jake en la oscuridad. Al olor de la papilla de cereales por la mañana, a tener a Charlie entre sus brazos todas las noches.

Solo había pensado en acabar con la persona que la estaba amenazando.

Se dio cuenta de que, sin tener un motivo por el que estar allí, Charlie quería volver a su casa. Para que todos volviesen a sus vidas. No volvería a ver partidos de béisbol con Jake sentado en su regazo. No tomaría más copas de vino con Charlie antes de cenar. No habría más risas. Ni más nada. Él volvería a tener su intimidad. Su piso volvería a estar en silencio. Vería a Charlie en el trabajo y aquello, fuese lo que fuese, que había entre ambos, terminaría muriendo.

Él había empezado con aquello solo para salvar Waverly, pero la miró y se dio cuenta de que su vida sin ella estaría vacía. ¿Cómo iba a dejarla marchar?

–¿Vance?

Él no quería hablar. No quería pensar. Quería sentir lo que solo sentía con Charlie. Quería perderse en ella. La abrazó con fuerza y le dijo:

–Ya hemos hablado bastante. No te vas a marchar. Todavía no. ¿De acuerdo?

Ella lo miró y asintió.

–De acuerdo.

Vance la besó apasionadamente. Unos segundos después le había quitado la camiseta y estaba disfrutando de su cuerpo bajo la luz de la luna.

Entonces se dio cuenta de que lo que tenían no solo era importante. Lo era todo.

A la mañana siguiente, Ann Richardson presidió la reunión de la junta en Waverly's.

–Gracias a Vance –dijo–, hemos conseguido acabar al menos con una amenaza.

–Nunca hay que fiarse de un Rothschild –murmuró George, y Veronica lo hizo callar.

–Dalton ha emitido un comunicado de prensa en el que niega haber estado al corriente de lo que Henry Boyle estaba haciendo –intervino Vance, mirando a George de reojo.

Este resopló.

–Dalton sabe todo lo que pasa en su casa. De eso estoy seguro. No me creo que no supiese nada.

–Yo tampoco –admitió Vance–. Creo que

todos estamos de acuerdo en eso, George, pero la cosa es que Dalton lo ha negado y la policía no ha encontrado nada que lo pueda inculpar.

—¿Tu secretaria no sabe nada más? —preguntó Edwina preocupada.

—No —le respondió Vance—. Solo está aliviada porque se han acabado las amenazas.

—Todos lo estamos —comentó Simon.

—El problema —dijo Ann, haciendo callar al resto con la frialdad de su voz—, es que no podemos estar seguros de que hayan terminado. No sabemos con seguridad si Dalton Rothschild va a seguir intentando destruirnos. Tenemos que permanecer alerta. Y no podemos confiar en nadie.

Vance supo que tenía razón, pero se alegró de que Charlie ya hubiese pasado la prueba de fuego. Sabía que podía confiar en ella. Solo le faltaba ser capaz de entregarle su corazón...

—Tenemos que permanecer juntos en esto —continuó diciendo Ann—. Tenemos que ser un equipo para proteger Waverly's.

—Por supuesto, querida —dijo Veronica, aplaudiendo suavemente las palabras de Ann—. Sabes que tienes todo nuestro apoyo. ¿Verdad, George?

Este asintió a regañadientes.

—Sí, sí. Somos un equipo. ¿Podemos dejar de hablar de Dalton Rothschild ya? Me estáis provocando una indigestión.

Vance contuvo una carcajada y Ann puso los ojos en blanco.

–Muy bien –dijo–, si hemos terminado de hablar de Rothschild, tengo que anunciar algo.

–Espero que sea una buena noticia –comentó Edwina.

–Lo es –respondió Ann sonriendo–. Todos conocéis a Macy Tarlington, ¿verdad?

–Yo conocía a su madre –dijo George, guiñando un ojo–. Tina Tarlington. Eso sí que era una mujer. Y una magnifica actriz.

–A su hija no le ha ido tan bien, ¿no? –preguntó Veronica.

–No –contestó George–. No es ni la sombra de Tina.

Tina Tarlington había sido una belleza que había fallecido hacía poco tiempo a la relativamente joven edad de sesenta y dos años. Famosa en todo el mundo, a Tina también se la había conocido por haberse casado tres veces y por su colección de diamantes.

–Bueno –continuó Ann–, pues he convencido a Macy Tarlington, después de muchas cenas y mucho vino, para que Waverly's se ocupe de la subasta de los bienes de su madre. Solo la colección de joyas convertirá la venta en un acontecimiento inigualable.

Vance escuchó solo a medias las felicitaciones y comentarios acerca de lo que estaría incluido en la colección de Tina. Sonriendo, respiró tranquilamente por primera vez en varias semanas.

Charlie estaba a salvo. Waverly's iba bien. Lo único que le quedaba por hacer era decidir qué quería e intentar conseguir. Vio el rostro de Charlie en su mente y se emocionó. Ella era lo que necesitaba. Lo que siempre había necesitado.

Amaba a Charlie Potter.

Y no iba a dejarla marchar.

Charlie esperó a Vance delante de la sala de juntas. Tenía que firmarle unos documentos que Justin le había pedido hacía más de media hora.

Se apoyó en la pared porque le dolían los pies de llevar los altos tacones que tanto le gustaban a Vance. Sonrió al recordar la primera vez que habían hecho el amor, cuando él había insistido en que no se los quitase.

No quería marcharse de su casa, pero no tenía elección. No podía amar a un hombre que no la correspondía. No tenían futuro.

Echó la cabeza hacia atrás y miró hacia el techo. ¿Cómo iba a vivir sin él? ¿Cómo iba a continuar siendo su secretaria sabiendo que lo suyo había terminado? Estaba segura de que no iba a ser capaz de soportarlo. Lo único sensato que podía hacer era dejar su trabajo.

Entonces, lo habría perdido todo.

Frunció el ceño y se puso recta al ver que se abría la puerta. Oyó a George Cromwell, que le decía a Vance:

–Has hecho un buen trabajo atrapando a ese extorsionador.

–Sí, gracias. Y me alegro de que haya salido bien.

A Charlie se le hizo un nudo en el estómago al oír la voz de Vance.

–He oído los rumores que te relacionan con tu encantadora secretaria. Has sido muy listo, conquistándola para llegar antes al fondo del asunto.

Vance salió de la sala de juntas y la vio. Se quedó inmóvil y, aunque no dijo nada, la miró con culpabilidad.

Charlie se sintió como si le acabasen de dar una bofetada. ¿Eso había sido para él? ¿Una herramienta para atrapar a Henry? ¿Nada había sido real? Se marchó apresuradamente por el pasillo mientras Vance la llamaba.

Llegó al despacho antes que él y cerró la puerta. Cuando lo vio entrar, le advirtió:

–Ni te atrevas a hablarme.

Se sentía dolida, humillada y enfadada.

–Charlie, maldita sea –dijo él, cerrando la puerta para que no los oyese nadie–, por lo menos deja que me explique.

–No tienes nada que explicar. Ya está. Me marcho.

Fue hasta su escritorio y se agachó a abrir

un cajón y sacar su bolso. Cuando se incorporó, tenía a Vance justo delante. Estaba tenso, emocionado.

—No te vas a marchar. No sin antes escucharme. Tengo que admitir que la cosa empezó así. O eso creo. Ya ni siquiera estoy seguro.

—Claro.

—Es la verdad, Charlie. Desde que llegaste aquí, no he sido capaz de pensar con claridad. Al principio pensé que era tu pelo lo que me distraía. O esos malditos zapatos.

Sacudió la cabeza, como si ni él mismo lo entendiera.

—Pero no era nada de eso. Eras solo tú, Charlie. Tu risa. Tus ganas de aprender. Tu amor por... todo —le dijo, echándose a reír—. Me cautivaste. Y, sí, pensé que sería buena idea invitarte a salir un par de veces y cortejarte un poco para ver si eras una espía o no.

—¿Cortejarme? ¿En la cafetería que estaba decorada como un zoo?

—¿Lo ves? —el dijo él—. ¿Ves lo que me haces? Estuve en aquel infierno y la verdad es que me lo pasé bien. No esperaba eso. No te esperaba a ti. Ni lo que me haces sentir. Haces que todo sea mejor.

Charlie deseó poder creerlo.

—Me estabas utilizando. Lo mismo que Henry.

—No —le respondió él con firmeza.

—Sí, pero ya no voy a permitirlo más. Nadie

va a utilizarme. Dimito, señor Waverly. Pasaré a finales de semana a recoger mis cosas y las de Jake.

–Charlie…

Ella pasó por su lado con la cabeza muy alta. Vance no la siguió y ella se alegró, porque no sabía si habría tenido fuerzas suficientes para alejarse de él dos veces.

Vance se encerró en su piso y no habló con nadie. No fue a trabajar. No le devolvió las llamadas a su hermano.

El silencio de su casa lo estaba volviendo loco. Se detuvo en la puerta de la habitación de Jake y observó la cuna vacía, su propio pecho también lo estaba, vacío. Se agachó y tomó del suelo la pelota roja, se la pasó de una mano a otra.

Luego fue a la habitación principal, en la que no había podido dormir desde que Charlie se había marchado.

Tiró la pelota al suelo y fue al salón, salió a la terraza. Clavó la vista en el río y trazó un plan que había empezado a idear cuando Charlie lo había llamado esa mañana para decirle que pasaría por su casa a la una de la tarde, a recoger sus cosas.

–Ahora sé lo que quiero –dijo Vance–. Y siempre consigo lo que quiero.

Le había dado a Charlie dos días para que

se tranquilizase, pero cuando fuese a buscar sus cosas, hablarían. Bueno, iba a ser él el que hablase y ella lo iba a escuchar. Aunque tuviese que atarla a una silla.

Llamaron al timbre una hora después y Vance maldijo. No estaba preparado. Necesitaba cinco minutos más.

Atravesó la habitación descalzo, con los pantalones vaqueros caídos y el pecho descubierto y caliente después de haber estado en la terraza cortando todas las flores que había.

Abrió la puerta, la miró y notó aquella punzada de deseo que en esos momentos ya reconocía como... amor. Charlie llevaba el pelo recogido en una trenza. Se había puesto una camisa azul que le resaltaba los ojos y unos pantalones caquis. Las sandalias llevaban margaritas a la altura de los dedos, cuyas uñas iban pintadas de rojo.

Vance deseó abrazarla con fuerza y no dejarla marchar jamás, pero, antes, tenía que hablar con ella.

–No te molestaré mucho tiempo, Vance –le dijo ella, entrando en el salón–. Solo voy a meter nuestras cosas en las cajas en las que las trajimos. Todavía las tienes, ¿verdad?

–¿Si te dijese que no cambiarías de opinión?

–No –respondió ella con tristeza, dirigiéndose hacia las habitaciones.

–¿Dónde está Jake? –le preguntó él, deteniéndola con una mano.

–Con Katie. No, Vance. No hagas esto más difícil para los dos. Deja que recoja mis cosas, ¿de acuerdo?

Él la dejó marchar y la siguió por el pasillo hasta la habitación principal. Charlie abrió la puerta y se quedó de piedra.

Aquella era la respuesta que Vance había esperado conseguir al convertir su habitación en un jardín tropical.

–¿Qué es esto?

–Esto es conquistar, Charlie –le dijo él en tono satisfecho.

–Vance...

La hizo girarse y le agarró el rostro con ambas manos. Le acarició las mejillas y limpió de ellas una única lágrima.

–Escúchame, por favor, solo quiero que me escuches.

Charlie tragó saliva y asintió.

Él la llevó hasta la cama e hizo que se sentase. Solo tenía una oportunidad para hacer aquello bien. O habría estropeado toda su vida.

Inspiró, espiró, se pasó una mano por la cara y por fin se atrevió a mirarla a los ojos.

–Tenías razón. Empecé a cortejarte por motivos equivocados.

Ella frunció el ceño.

–Pero eso no tardó en cambiar, Charlie. Cuando salimos a cenar con Jake, entre los gritos de los niños, mirándote a los ojos, me empecé a enamorar de ti.

–Vance...

–No me di cuenta de lo que me estaba ocurriendo y, cuando fui consciente, intenté negarlo. Porque era más sencillo eso que arriesgarme. Ni siquiera sabía lo que era el amor, Charlie. Hasta que llegaste tú.

Ella suspiró y se agarró las manos en el regazo.

–Desde que llegaste a mi despacho... empecé a notarme distinto. Tú me despertaste, Charlie. Me hiciste ver el mundo que había a mi alrededor. Me hiciste darme cuenta de todo lo que me había estado perdiendo.

–Vance.

–No, espera. El otro día ya me dijiste todo lo que me tenías que decir, y no me extraña. Fui un idiota y te hice daño, pero nunca te he utilizado, Charlie. No quiero que pienses eso. Aunque no fuese consciente de ello, te quería.

Ella tomó aire y otra lágrima corrió por su mejilla. A Vance se le encogió el corazón.

–No llores. No soporto verte llorar –dijo, haciendo que se levantase de la cama y mirándola a los ojos–. Te quiero tanto. Te quiero. Tienes que creerme. Y siempre te querré.

–Te creo –susurró ella, esbozando una sonrisa que hizo que Vance se derritiese por dentro.

Él sonrió también, suspiró aliviado.

–Ahora, quiero que te acostumbres a una frase.

–¿Qué?

–Sí, quiero. Solo dos palabras que quiero que repitas en cuanto encuentre a un juez que nos pueda casar.

–¿Casarnos? –dijo ella, aturdida–. ¿Quieres casarte conmigo?

–¿Qué pensabas? –le preguntó él riendo–. ¿Que había cortado todas las flores para pedirte que fuésemos novios? Creo que tengo champán en la nevera, para brindar.

–Yo…

–Jamás pensé que vería esto –dijo él, sonriendo de nuevo–. La he dejado sin habla.

–Más o menos. Vance, recuerda que no vengo sola.

–Y yo quiero todo el paquete –le aseguró Vance–. A Jake y a ti. Si tú quieres, lo adoptaré. Ya siento que es mío.

–¿Adoptarlo?

–Y quiero tener más hijos, Charlie. Por lo menos tres o cuatro.

–Cuatro…

–Te he comprado una casa.

–¿Qué?

–¿La casa que te gustaba de Forest Hills Gardens? La he comprado.

–¿Cómo? ¿Cuándo? ¿Por qué?

Vance sonrió.

–Tres excelentes preguntas. Fui anoche y les hice una oferta que no pudieron rechazar. La casa es nuestra, Charlie. Podemos mudarnos el mes que viene. Solo tienes que decir que sí.

—No puedo creer que hayas comprado esa casa.

—Te encantaba.

—Sí, pero...

—Charlie, es solo una casa. Lo importante eres tú. Tú eres mi corazón y serás el corazón de esa casa. Sin ti, ambos estamos incompletos.

—Te quiero tanto, Vance —susurró Charlie por fin como si, diciéndolo en voz alta, fuese a romper la magia del momento.

—Dilo otra vez.

—Te quiero. Te quiero.

Vance apoyó la frente en la suya.

—Dios, qué bien suena.

Charlie se echó a reír.

—Vance, no puedo creer que hayas hecho todo esto...

—Ah, y hay otra cosa más. Casi se me olvida. No puedo creerlo. Es increíble, me olvido de todo cuando estoy contigo.

Volvió a sentarla en la cama y le dijo:

—Quédate ahí, volveré en un minuto.

Ella se echó a reír.

Vance fue al salón y abrió la caja fuerte que estaba escondida detrás de un cuadro para sacar de ella la sorpresa que había guardado para el final.

Charlie esperó en el dormitorio.

Luego Vance volvió al dormitorio con una caja de terciopelo plana en las manos.

–Es para ti. Cuando lo compré, no lo sabía. En realidad, pensé en ello como en una inversión, aunque creo que mi subconsciente ya sabía que iba a ser para ti. Y para mí.

–¿Qué?

Charlie abrió la caja y dio un grito.

–¡Oh, Dios mío! ¿El collar de la reina de Cadria? –exclamó. Luego lo miró–. ¿Te has vuelto loco?

Él rio también y se dejó caer en la cama, a su lado.

–Solo por ti, Charlie. Ese collar promete un largo y feliz matrimonio. Y eso es lo que quiero. Contigo.

–Estás loco –susurró ella, tocando la joya con cuidado antes de cerrar la caja–. Y yo te quiero así de loco.

–Pues demuéstramelo.

Y ella lo hizo.

–¿Señorita Richardson? –dijo Kendra–. Tiene una llamada por la línea tres.

–¿Quién es?

–Dice ser el jeque Raif Khouri, de Rayas. Me ha dicho que quiere hablar con usted de la estatua del *Corazón dorado*.

Ann se estremeció y tomó el teléfono con desgana.

–¿Dígame?

–Señorita Richardson, gracias por responder a mi llamada.

–De nada. ¿En qué puedo ayudarlo? –le preguntó ella con la voz seca y un nudo en el estómago.

–No, soy yo el que puede ayudarla a usted.

–¿Cómo?

–Se trata del *Corazón dorado*. Tengo algo que podría evitarles, a usted y a su empresa, una humillación pública.

–No le comprendo.

–La estatua que tienen en su posesión es robada... o falsa.

A Ann se le cayó el mundo encima. Aquello no podía ser cierto.

–Eso es ridículo –dijo, levantándose–. Mis expertos me dicen que la estatua es verdadera. Y con respecto a que haya sido robada...

–Faltan dos de las tres estatuas –la interrumpió el jeque Raif–. Una fue robada hace más de un siglo...

–Y esa es la que tenemos.

–Eso dicen, pero es extraño que Waverly's la haya encontrado, ¿no cree?

Ann no respondió.

–El otro *Corazón dorado* –continuó él–, fue robado de palacio hace solo un par de semanas. Y esa es la estatua que creo que tienen. Y que debe volver a nuestra familia. Inmediatamente.

Ann se dejó caer en su sillón, completamente agotada.

Aquello era una pesadilla.

–¿Señorita Richardson?

–Sí, sigo aquí.

–Me temo que tenemos un problema que debemos solucionar. Juntos.

Ann escuchó las exigencias del jeque y se dijo que tenía que localizar a Roark. Tenía que averiguar si la estatua era la buena y cómo la había conseguido.

Si no, el escándalo destruiría Waverly's. Y todo por lo que ella había trabajado se desmoronaría a su alrededor.

En el Deseo titulado
Exquisita seducción,
de Charlene Sands,
podrás continuar la serie
SUBASTAS DE SEDUCCIÓN

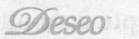

Deseo

Pasión en Roma

KATE HARDY

Rico Rossi era un rico propietario de una cadena de hoteles. Cuando Ella Chandler, una preciosa turista inglesa, lo confundió con un guía turístico, no pudo resistirse a la tentación de seguir de incógnito y de enseñarle todas las maravillas de Roma.

Ella estaba asombrada con la intensidad del deseo que había surgido entre ellos y, cuando llegó el momento de dejar la Ciudad Eterna, le costó despedirse de su amante italiano. Luego, descubrió que Rico le había mentido... y él tenía que demostrarle que la quería.

¿Sería capaz de recuperarla?

¡YA EN TU PUNTO DE VENTA!

Acepte 2 de nuestras mejores novelas de amor GRATIS

¡Y reciba un regalo sorpresa!

Oferta especial de tiempo limitado

Rellene el cupón y envíelo a
Harlequin Reader Service®
3010 Walden Ave.
P.O. Box 1867
Buffalo, N.Y. 14240-1867

¡Si! Por favor, envíenme 2 novelas de amor de Harlequin (1 Bianca® y 1 Deseo®) gratis, más el regalo sorpresa. Luego remítanme 4 novelas nuevas todos los meses, las cuales recibiré mucho antes de que aparezcan en librerías, y factúrenme al bajo precio de $3,24 cada una, más $0,25 por envío e impuesto de ventas, si corresponde*. Este es el precio total, y es un ahorro de casi el 20% sobre el precio de portada. !Una oferta excelente! Entiendo que el hecho de aceptar estos libros y el regalo no me obliga en forma alguna a la compra de libros adicionales. Y también que puedo devolver cualquier envío y cancelar en cualquier momento. Aún si decido no comprar ningún otro libro de Harlequin, los 2 libros gratis y el regalo sorpresa son míos para siempre.

416 LBN DU7N

Nombre y apellido	(Por favor, letra de molde)

Dirección	Apartamento No.

Ciudad	Estado	Zona postal

Esta oferta se limita a un pedido por hogar y no está disponible para los subscriptores actuales de Deseo® y Bianca®.
*Los términos y precios quedan sujetos a cambios sin aviso previo.
Impuestos de ventas aplican en N.Y.

SPN-03   ©2003 Harlequin Enterprises Limited

Bianca

Los enemigos se atraen

Ivan Korovin estaba decidido a cimentar su evolución de pobre niño ruso sin un céntimo a estrella de cine de acción, multimillonario y filántropo. Pero antes de nada tenía que resolver un serio problema de Relaciones Públicas: la socióloga Miranda Sweet, que intentaba arruinar su reputación llamándolo neandertal en los medios de comunicación siempre que tenía oportunidad.

¿La solución? Darle al hambriento público lo que deseaba: ver que los enemigos se convertían en amantes. Desde la alfombra roja en el festival de Cannes a eventos en Hollywood o Moscú, fingirían una historia de amor ante los ojos de todo el mundo. Pero cada día resultaba más difícil saber qué era real y qué apariencia...

Sin rendición

Caitlin Crews

Deseo™

Pasión inagotable
CHARLENE SANDS

Sophia Montrose había vuelto al rancho Sunset para reclamar su parte de la herencia. Logan Slade no había olvidado el apasionado beso que se dieron en el instituto, pero no podía sentir por ella más que desprecio y aversión; al fin y al cabo, era una Montrose y no se podía confiar en aquella despampanante belleza.

Sophia tampoco había olvidado aquel beso... aunque se tratara de una cruel apuesta para ponerla en ridículo. Quince años después, se encontraba de nuevo ante los fríos ojos negros de aquel vaquero y estaba decidida a no dejarse intimidar. Pero ¿sería capaz de mantenerse firme cuando volvieran a prender las llamas de una pasión insaciable?

Una peligrosa relación amor-odio

¡YA EN TU PUNTO DE VENTA!